KB246168

에우리디케이언

에우리디키언

초판 1쇄 인쇄_ 2013년 6월 20일 | **초판 1쇄 발행_** 2013년 6월 25일
지은이_김다영·박세희·정혜원 | **펴낸이_**진성옥 · 오광수 | **펴낸곳_**꿈과희망
디자인 · 편집_김창숙, 박희진 | **마케팅_**최대현, 김진용
주소_서울시 용산구 갈월동 101-49 고려에이트리움 713
전화_02)2681-2832 | **팩스_**02)943-0935 | **출판등록_**제1-3077호
http://www.dreamnhope.com| e-mail_ jinsungok@empal.com
ISBN_978-89-94648-44-6 43810
※ 책 값은 뒤표지에 있습니다.
ⒸPrinted in Korea. | ※ 잘못된 책은 바꾸어 드립니다.

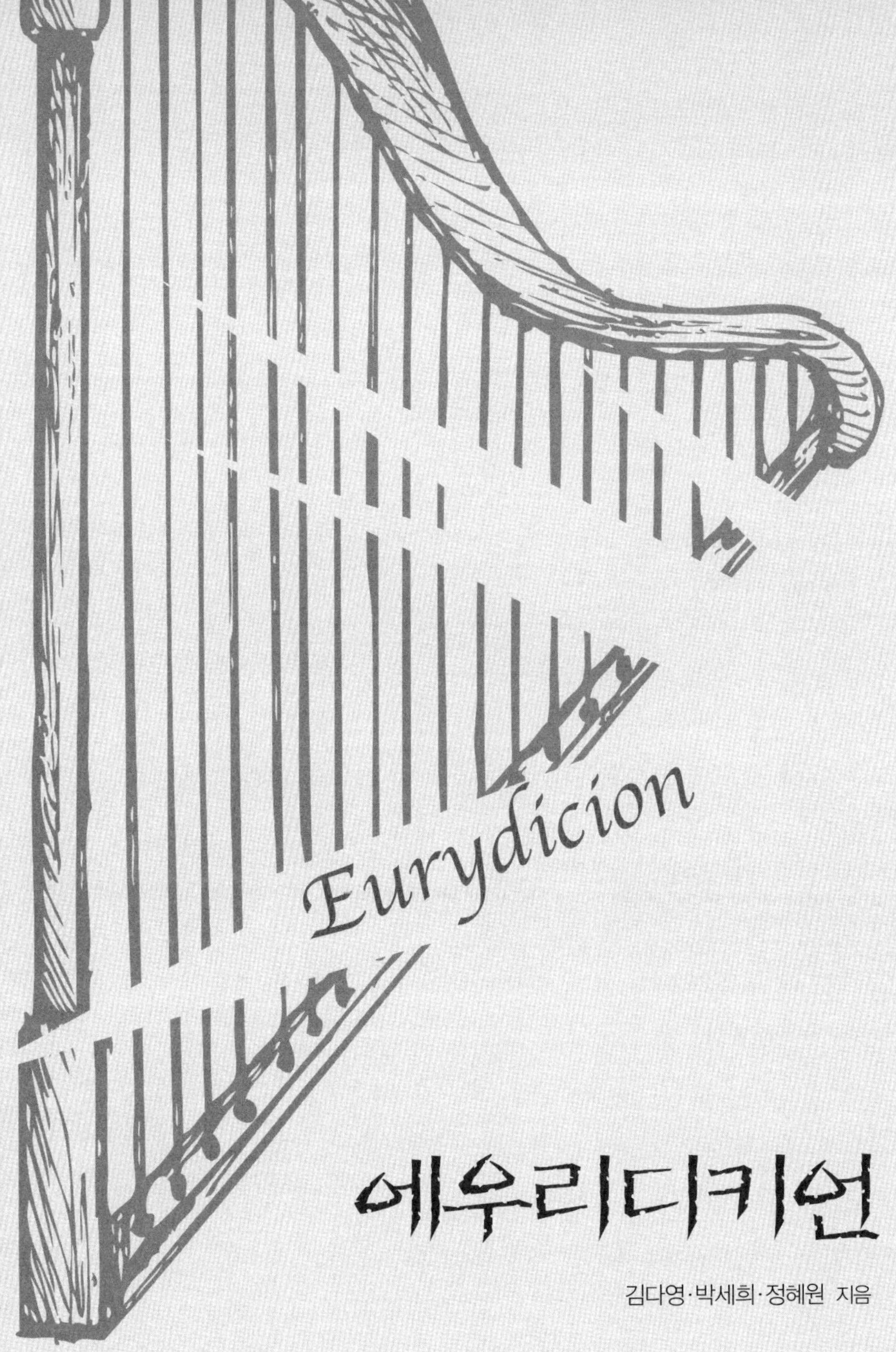

에우리디키언

김다영·박세희·정혜원 지음

꿈과 희망

책머리에

어느새 구세군의 자선냄비가 곳곳에 보이기 시작하고 거리를 오가는 사람들의 바쁜 발걸음과 그들의 표정에서 한해를 마무리하는 시기가 왔음을 느낄 수 있습니다.

한 해 동안 부쩍 커 버린 아이들이 그 동안 열심히 쓴 작품을 모아 이 책을 펴내게 되었습니다. 보시기에 아직 미흡한 점이 많으나 자신의 생각을 글로 옮기고 다듬고 조금이라도 좋은 작품을 만들기 위해 고생한 아이들의 노력에 박수를 보냅니다.

부족한 글이지만 아이들이 더욱 성장하고 발전할 수 있도록 격려와 칭찬을 부탁드립니다. 그리고 아이들이 평소 어떤 생각을 하는지, 책을 통해 무엇을 말하고 싶은지, 아이들의 시선에 무엇이 보이는지에 관심을 가지고 아이들의 생각을 이해해 주시면 좋겠습니다.

끝으로 이 책을 엮기까지 고생한 아이들과 도움을 주신 분들께 깊은 감사의 말씀을 드립니다.

지도 교사 공숙향

목차

에우리티키언

글 김다영

사람은 사람으로 너는 또 다른 너로 삶이란 돌고 도는 것 네 전생의 업은 네 현생의 업보요 네 현생의 업은 네 다음생의 업보 네 오늘의 행동이 다음생의 너를 좌우한다 그 누가 알겠는가 오전의 따뜻한 햇살이 오후의 핏빛 노을일지 윤회의 바퀴는 돌고 돈다 너는 그 바퀴의 살 사람은 사람으로 너는 또 다른 너로 삶이란 돌고 도는 것 삶이 끝나는 날 윤회의 바퀴는 멈추리 삶을 넘어서리라

차례

머리말

　　‘변신이야기’, 흔히 ‘그리스 로마 신화’ 라고 부르는 이 신화에는 오르페우스에 얽힌 신화가 하나 나온다.

　　오르페우스는 매우 수금을 잘 타는 청년이었다. 빼어난 용모와 아름다운 목소리를 자랑했던 그가 수금을 타며 노래를 부르면, 나무들은 그의 노래를 더 잘 들으려 그의 쪽으로 가지를 휘었으며, 강물마저도 그를 향해 물길을 바꾸었고, 동물들도 그의 수금소리에 맞추어 춤을 추었다. 그런 그는 ‘에우리디케’ 라는 이름을 가진 요정을 사랑하게 되었고, 그들은 나이가 차자 곧 결혼하게 되었다. 그러나 하늘의 질투인지, 불화의 여신 에리스의 심통인지, 그들의 신혼은 그리 오래 가지 않았다. 결혼한 지 며칠 되지 않은 어느 날, 강가에서 꽃을 따며 놀던 에우리디케의 자태는 그 어느 때보다도 아름다웠다. 그런 그녀를 보게 된 짓궂은 반인반수의 신, 판은 그녀에게 서서히 다가갔고, 그가 아주 가까이 왔을 때야 비로소 누군가의 기척을 알아차린 그녀는 화들짝 놀라 뒷걸음질 쳤고, 때마침 그녀의 뒤에 똬리를 틀고 있던 뱀을 밟고 말았다. 그 뱀이 밟히고도 가만히 있겠는가. 그녀는 그 독사에 물려 결국 죽고 말았다. 사랑하는 아내의 죽음을 슬퍼한 오르페우스는 머리를 늘어뜨리고 몇날 며칠을 눈물로 지새웠다. 그렇게 몇 달 후, 그는 지하의 왕 하데스에게 부탁하여 그의 사랑하는 아내를 되찾아 오기로 결심했다. 그의 수금소리와 애절한 노랫소리에 감복한 망각의 강의 뱃사공 카론은 그가 강을 건너도록 도와주었고 지하의 왕과 여왕은 그의 아내 에우리디케를 내어주었다. 그러나 대가는 언제나 필요한 법. 대신 그 저승의 부부는 ‘지상으로 올라갈 때까지는 아내의 얼굴을 보아서는 안 되노라’ 경고하였다. 그러나 너무도 사랑하는 아내의 얼굴이 보고 싶었던 오르페우스는 지상에 발을 디디자마자 그녀의 얼굴을 보고야 말았고 그 순간,

미처 이승에 발을 디디지 못했던 에우리디케는 약속을 어긴 대가로 다시 지하로 끌려 가고 말았다. 다시금 카론에게 부탁을 하였으나 변덕스럽고 심통이 배배꼬인 카론영감 은 그가 죽을 때까지 다시는 강을 건너지 못하게 하였다. 오르페우스는 결국 지하로 돌 아가지 못했고, 그 슬픔을 이기지 못하고 그 어떤 여인도 거부하다, 그를 사모하던 수 많은 술 취한 처녀들의 손에 죽고 말았다.

그저 아름답고도 안타까운 사랑이야기라 볼 수도 있겠다. 그러나 이 이야 기는 단지 그것만은 아니다. 이 이야기는 그들—뜻하지 않은 운명의 장난에 저승과 이승을 넘나들어야 하는 존재—을 위해 쓴 책이다. 에우리디케 같은 그들. 좀 더 자세히 말하자면 자신이 원하지 않은 일이나 강자의 명령으로 억 지로 그 일을 해야만 하는 그들.

에우리디케는 이 이야기에서 자신의 의견을 표현하지 않는다. 하테스의 명령에 따라 이승으로 올라가고, 또 하테스의 명령에 따라 다시 저승으로 내 려온다. 이 점이 바로 이 책의 주인공과 닮았다. 이 책의 주인공은 자신의 뜻 이나 정해진 운명과는 상관없이 사고사 당하고 전생의 힘든 삶으로 인해 다 시는 돌아가고 싶지 않은 이승으로 돌아가 나 아닌 다른 사람으로 한 번 더 살게 된다. 즉, 내 위의 어떤 이의 뜻으로 살았다가 죽었다가 하게 된다는 것 이다. 다른 이의 육신에 나의 영혼. 이 과정에서 주인공은 많은 심적 갈등을 겪게 된다. 그래서 이 책의 제목이 탄생하게 된 것이다. 주인공이 에우리디케 와 너무도 닮아서. '에우리디케' 와 사람의 종류를 나타낼 때 붙이는 '—이언' 을 합하여, 지은 제목이 바로 에우리디키언이다.

종교를 신뢰하고 신에게 기대어 자신의 운명을 맡기는 종교인을 대변하는 송에스더, 공인을 대변하고 또 죄책감에 눈이 멀어 당장의 일을 막기 위해 타 조마냥 모래에 머리를 박고 위험이 지나가기를 바라는 죄책감을 대변하는 한주은, 죽음을 두려워 할 수밖에 없는 인간을 대변하는 이우진, 왜 해야 하 는지, 무엇을 해야 옳은지, 도덕적 신념을 잃은 채 행동 대장처럼 살아가는 대한민국 학생과 직장인을 대변하는 각운, 권력을 신뢰하고 자신을 최고로 아는 오만함을 대변하는 미리암과 예수, 마지막으로 운명의 희생자이자 운명을 개척하려 했던 이연. 비록 졸필이지만 서툰 솜씨로나마 많은 것을 담아내려 애쓴 내 피조물들을 보고 많은 것을 얻었으면 하는 바람이다.

이 책의 주인공 이름인 '이연'의 '연'은 연꽃 연 자다. 이 책을 읽는 모든 이들이 연꽃처럼 더러운 환경을 이기고 아름답게 꽃을 피우기를, 또한 '나'로써 살 수 있기를 바라며 이 두서없는 머리말을 마친다.

prolog

사람은 사람으로

너는 또 다른 너로

삶이란 돌고 도는 것…

윤회. 윤회사상. 전생의 업을 현생에 업보로, 현생의 업을 다음 생의 업보로 치른다. 이 말은, 전생에 내가 잘못한 일은 현생에서 벌을 받고, 현생에 내가 한 잘못한 일은 다음 생에 벌로 갚는다는 뜻이다. 내가 지금 한 행동이 다음 생의 나를 좌우한다.

그러나 만약 내가 모든 벌을 받고 더 이상 죄도 짓지 않은 성인이 된다면, 나는 깨달음을 얻고 해탈하게 된다. 이를 깨달음의 경지에 이른다고 하는데, 이 깨달음의 경지에 이른 사람들을 '적멸의 상태가 되었다'고 한다. 그리고 이 적멸의 상태에 이른 이들을 사람들은 사신, 또는 저승사자라 부른다.

사신들은 하는 일에 따라 세 종류로 나뉜다. 먼저 생명력으로 영혼을 빚어 태아에 불어넣는 일(쉽게들 생의 업이라 부른다)을 하는 제작파트, 이 빚어진 영혼들의 환생과 죽음, 그리고 적멸의 상태를 관리하는 일(이것 역시 사의 업이라 부른다)을 하는 유통파트, 마지막으로 각 영혼들의 업과 업보, 그러니까 일거수일투족을 감시하고 기록해 다음 생을 계획하는 일(운명의 업)을 하는 회계파트이다. 각각의 업은 3대 성인이 총체적으로 관리하는데, 제작파트는 르헨이, 유통파트는 아노한이, 그리고 회계파트는 타프카가 관리한다.

나 각운은 사의 업을 행하는 사신이다. 내가 관리하는 영혼들의 삶을 지켜보는 것을 유일한 낙으로 여기는 아주 평범한 사신. 그러던 어느 날, 일은 터졌다.

　죽는다는 것과 소멸한다는 것의 차이를 아는가? 인간의 영혼은 죽을 뿐, 소멸하지 않는다. 죽는다는 것과 소멸한다는 것은 아주 다르다. ‘죽는다’ 는 것은 육신이 시간을 다해 영혼과 분리되어 원래 모습인 흙으로 돌아가는 것이고, ‘소멸’은 아예 영혼 자체가 이 세상에서 사라지는 것이다. 한층 고차원적인 죽음이라 보면 된다. 쉽게 컴퓨터에 비유하자면, 죽음은 폴더를 휴지통에 버리는 것이고 소멸은 휴지통을 비우는 것. 인간들은 소멸하지 않고 사신들만 1000년을 살면 소멸하는데, (3대 성인은 제외다.) 이 중, 내가 관리하는 영혼에서 인간의 영혼에서는 절대로 일어날 수 없는 일이 일어났다. 바로 소멸이.

　소멸된 영혼의 이름은 김윤주. 은행에서 일하고 있으며 17살 먹은 아들이 하나 있다.(하지만 아들은 전생에 사람을 하나 찔러 죽여, 이번 생에는 오래 살지 못하고 심장병으로 죽을 운명이다) 남편은 딱히 큰 업이 없으며, 대체로 큰 업보는 다 치른 후라서, 자잘한 업이 많다. 현재 A 대학교에서 교수직을 맡고 있다. 남편은 잠깐 해외로 나가 있고 아들은 앞에서 언급했던 심장병이 얼마 전에 발견되어 병원에 입원해 있다. 김윤주가 소멸된 시간 오전 9시 반. 은행에 사표를 제출하고 집으로 돌아와 아들의 병원으로 가기 위해 짐을 꾸리던 바로 그 시기. 김윤주의 집에서 그녀는 소멸되었다.

　영혼이 소멸되어도 심장은 뛴다. 육신과 영혼은 분리되어 있기 때문이다. 다만 마음의 창이라고도 불리는 눈동자는 영혼과 함께 사라진다. 만약 김윤주가 소멸된 채로 방치해 둔다면 김윤주는 계속 아들의 병원에 찾아가지 않을 것이고 그렇게 되면 아들, 우진은 병원 편으로 어머니에게 연락할 것이다. 그러면 병원 측 사람들은 윤주를 발견하고 발그레한 뺨에 심장은 뛰지만, 고무 인형처럼 넋을 놓고 있는 모습에 놀라겠지. 정확히 알 수는 없지만 증세를 보고 당연히 식물인간이 된 줄 알고 병원에 데려다 놓았다가, 육신의 흰 자만 남은 눈을 보게 되면… 부검 시작. 무언가 이상하다는 것을 눈치 채고 연구를 거듭하다, 우리 사신들의 존재를 알게 되면.

끝이다. 그들은 사신들을 대신해 자신들의 운명을 조작할 것이고 그들은 죽지 않고 영생을 꿈꾸며, 세상을 어지럽혀 다른 생명들까지 위협할 것이다. 세상이 엉망이 될 것이다. 엉망이 되어 무질서 해지고, 그 결과 모두 멸망해, 카오스밖에 남지 않게 된다. 우리는 이 문제를 무조건 해결해야 한다. 윤회가 계속되도록. 세상이 유지될 수 있게 하기 위해서.

…삶이란 돌고 도는 것

네 전생의 업은 네 현생의 업보요

네 현생의 업은 네 다음생의 업보

네 오늘의 행동이 다음생의 너를 좌우한다…

chapter 1 회의록

D-day 오전 10시

이곳은 사의 도시, 사향이라는 사신들의 나라에서 사의 업을 관리하는 사신들이 지내는 곳이다. 이 평화롭디 평화로운 곳에서 나는…

"영혼이 소멸했다고 하시었습니까? 허, 그게 말이 된다 생각하는 겝니까?"

이미 1시간이 넘은 지 오래. 아, 역시 미리암이야. 1시간이 넘게 잔소리를 해대면서도 끝까지 신랄하게 말하는군. 도대체 어떻게 해탈한 건지 궁금해 미칠 지경이야. 당장이라도 소리쳐 '내가 그럼 일부러 영혼을 소멸시켰다 말하는 겝니까!' 라고 하고 싶으나, 내 입에서 나온 말은…

"…죄송합니다. 잠시 다른 영혼을 돌보는 사이, 영혼이… 소멸했습니다."

해탈해 사신이 되면서 늘어난 건 비굴함 뿐.

"아~그러십니까? 그럼 모든 일이 다 용서가 됩니까? 그런다고 소멸된 영혼이 다시 생긴단 말입니까! 그 무슨 무책임한 말…."

"…미리암, 조용히. 말이 좀 심한 것 같소."

이곳 사의 업을 총괄하는 그, 아노한은 차분한 말투로 미리암을 저지했다. 그의 등장에 나를 포함한 많은 이들이 놀란 듯했다. 그가 모습을 드러냈다는 건 상당히 큰 사건이라는 뜻이기에. 우리 사신들의 존재가 들킬 만큼.

"지금 소멸된 영혼이 각운의 소속이라 들었소. 각운, 영혼이 소멸되기 전 이상한 낌새라도 없었소?"

"비록 다른 영혼보다 생명력이 약하기는 했으나, 그리 심각한 수준은 아니었고 지난 40년간 아무 일 없었기에, 안심한 상태였습니다. 가끔가다 생명력이 약한 영혼이 만들어지기도 하니까 말입니다. 더군다나 최근 들어 생명력이 약한 영혼들의 수가 더 증가하기도 하였고요. 그런데… 영혼, 영혼이 소멸했습니다. 죄송합니다."

생명력이라는 단어가 언급되자 아노한의 표정은 빛을 잃어간다. 무겁게 가라앉은 얼굴로 그가 냉정하게 말하기를,

"영혼을 빚은 자만이 왜 이런 일이 생기는지, 왜 영혼의 생명력이 부족한지 더 잘 알겠지요. 생의 업. 생의 도시에서 소멸된 김윤주의 영혼을 빚은 자와 르헨을 데려 오시오."

그는 생의 도시에서 르헨과 영혼을 빚은 자가 올 때까지 냉한 표정으로 한 자리에 땅에 발이 붙은 듯 그렇게 서 있었다.

때마침 들어서는 김윤주를 빚은 렌과 생의 업을 총괄하는 르헨님. 가엾은 렌은 유달리 작은 몸을 바들바들 떨고 있었다. 바들바들 떨고 있는 그를 여전히 잔뜩 찌푸린 얼굴로 바라보는 아노한님. 그 시선을 느꼈는지 렌은 더 움츠러들기만 했다. 이 모든 상황을 재미있다는 듯 바라보는 르헨님은 전혀 지금의 상황과는 맞지 않게 입 꼬리가 위로 슬쩍 호를 그리고 있었다. 이런 상황에

도 불구하고 평소처럼 여전히 명랑한 그녀가 못마땅했는지 아노한님은 무뚝뚝하지만 불쾌한 감정이 선명하게 묻어 있는 말투로 그녀에게 질문, 아니 핀잔을 주었다.

"르헨님, 결코 편안한 상황이 아님에도, 아니 어쩌면 아주 위태로운 상황임에도 불구하고 지금처럼 아무것도 모르는 양 계속 웃고 계시는 연유가 궁금합니다만."

비난 섞인 말투에도 그리 기분이 상하지 않았는지 그녀는 여전히 미소를 머금은 채로 아노한님에게 답문했다.

"아노한님, 그렇게 인상을 찌푸린다고 해결될 문제가 아님에도 불구하고 그렇게 하늘이라도 무너진 양 성내고 있는 연유를 먼저 말씀해 주시지 않겠습니까?"

무뚝뚝하던 아노한님의 얼굴은 일순간 눈에서 불이 나며 화의 근원지인 그녀에게 쏘아붙였다.

"그렇다면 이 상황에서 그대처럼 칠칠맞게 웃음이나 흘리고 다녀야 합니까. 저는 르헨님보다 좀 더 이성적이기에 그럴 수가 없는 점이 참으로 안타깝습니다."

한참을 이런 식으로 주거니 받거니 하며 서로 빈정댔지만 아노한님은 표정이 굳어진 반면 르헨님은 여전히 생글생글, 살짝은 얄미워 보이기도 한 미소를 짓고 있었다. 마음이 급한 아노한님과는 달리 어딘가 편안해 보이는 얼굴. 무언가 재미있다는 표정이었다.

툭탁대고 있는 사이 운명의 업을 총괄하는 타프카님이 도착했다. 이 정신없는 말싸움 사이에서 그를 반기는 이는 신랄한 미리암 뿐이었다. 미리암, 그녀의 차갑디 차갑던 표정은 잠시나마 깐깐한 빛을 지우고 있었다. 슬쩍 인사를 건네보는 타프카님이 무안한 빛을 감추지 못 할 정도로 아노한님과 르헨님은 완전히 그를 무시하고 말싸움에 온 정신을 기울이고 있었다. 그러면서 아노한님이 르헨님에게 반문하기를,

“무엇보다도 우선은 이 문제를 해결해야 하지 않겠습니까? 그렇게 곰곰이 생각하다 보면 표정이 찌푸려지는 것은 당연한 일이지요. 안 그렇습니까?”

“호오, 생각보다 머리가 나쁘십니다. 저는 이미 생각해낸 지 오래인데 말입니다. 여태 생각중이셨습니까?”

그럼 그렇지, 그녀의 편안한 표정에 숨겨진 여유는 바로 문제 해결에서 온 것이었다. 당혹스러운 표정의 아노한님에게 여유만만한 승리의 미소를 만면에 지어보이고는 해결책을 설명해 나갔다.

“우선 영혼이 소멸한 원인부터 말씀드리는 것이 순서이겠지요. 엄연한 우리 측의 생각입니다만, 영혼이 소멸한 이유는 이것인 것 같습니다. 나무가 미처 그 씨를 대지에 뿌리기도 전에 사라지고, 동물들도 탐욕스러운 인간의 손에 희생당하고 있으며, 자연은 차츰 죽어가고 있습니다. 자연이 죽으니 당연하게 영혼의 주원료인 생명력이 감소할 수밖에 없지요. 그러나 지금까지는 아직 긴박할 정도로 생명력이 부족한 것이 아니기에 그냥 조금씩 각 영혼에 사용하는 생명력의 양을 줄이는 것으로 대신하고 있었습니다. 하나, 계속 생명력의 양은 줄어만 갔습니다. 그러다보니 가끔가다 생명력이 위험수위를 넘나들 만큼 괴하게 부족한 영혼이 생겼고, 이 생명력의 부족으로 최초로 생 도중에 소멸해 버리는 영혼이 생겨난 것입니다. 바로 1시간 전 소멸한 영혼, 김윤주의 영혼이 바로 그것입니다. 우리는 이 영혼을 편하게 정식명칭이 정해질 때까지는 ‘불량영혼’이라 부르기로 했으며, 생명력의 감소에 따라 이 같은 영혼이 하나가 아닐 것이라는 가정하에 장기적인 대비책을 마련하기로 한 바입니다.”

말을 마친 르헨님은 뿌듯하다는 듯 미소를 지어보였지만, 그 자리에 모인 나머지 이들은 그 누구도 그렇지 못했다. 특히나 생의 업과 밀접한 관계가 있는 사의 업에서 일하는 이들은 더욱 심했다. 이 사의 업에서 일하는 이들에는 나도 포함되어 있었다. 순간 머리를 둔기로 한 대 맞은 듯한 충격이 느껴지고 멍하다. 자신이 늘 옳다고 믿어왔던 진실이 어긋나는 순간, 누구나 큰 충격에

휩싸이기 마련이다. 우리 사신들은 항상 생명력은 차고 넘친다고 생각해 왔다. 그러나 아니었다. 늘 충분한 줄로만 알아왔던 생명력은 더 이상 순환되지 않고 멈추어 서서 질서를 흐트러뜨리고 있었다. 항상 도처에 널려 있는 것이 생명력이었는데….

그리고 방금 한 말에서 가장 충격적이었던 것. 불량영혼. 그것들이 계속 생겨날지도 모른다는 것. 우리는 김윤주의 영혼 이외에 앞으로도 계속 생길 불량영혼들에 대한 장기적인 대책을 마련해야 한다는 소리다. 우리가 늘 생각해 왔던 인간과 사신의 가장 큰 차이. 인간이 죽는 날을 우리가 결정할 수 있다는 것. 우리가 가장 자부심을 느끼고 또 인간과 구분짓는 명확한 잣대. 하나 소멸로 이 잣대가 흐려지고 있다. 우리가 그들이 죽을 날은 결정할 수 있지만 소멸할 날은 정할 수 없다는 말도 된다.

침울함과 공포, 또한 인간의 소멸을 정할 수 없다는 데에서 오는 약간의 자존심의 상처. 이러한 감정이 뒤섞여 있는 사이 조심스럽게 특유의 무겁고도 서늘한 말투로 입을 여는 타프카님.

"그나마 다행스러운 일이라면 운명의 업에는 아무런 문제가 없다는 것이겠습니다만. 운명의 도시에서 기록해 두던 김윤주 영혼에 대한 모든 기록은 (이를 테면 업과 업보라던가) 영혼이 소멸함과 동시에 모두 사라졌습니다. 하니 이 문제에서 운명의 업은 제쳐두고 생각하셔도 될 것 같군요."

그의 말투 때문인지는 모르지만 도저히 위로되지 않는 정보. 이런 냉한 분위기를 눈치챘는지, 발랄한 분위기를 좋아하는 르헨님은, 불안해 하며 그녀를 저지하는 렌을 무시하고는 생글거리며 말을 이었다.

"분위기가 영 칙칙하군요. 아, 알고 있습니다. 이 일의 해결책을 찾고 있겠지요? 우리 생의 도시가 뜻한 것은 아니었으나 우리가 생명력이 부족해지고 있다는 사실을 숨겨 일이 더 커졌으니 우리 탓이 제일 큰 사건인 만큼, 우리에게 가장 큰 책임을 물어야겠지요?"

르헨님은 살짝 과장되게 한숨을 포옥 내쉬더니 여전히 바짝 얼어 있는 우리를 보며 계속해서 말을 했다.

"그런 만큼 우리 생의 도시에서 자체적인 토의하에 나온 가장 좋은 의견으로 해결책을 간구해냈습니다. 그 의견으로 해결하면 아마 이번 사건은 물론이고 앞으로의 일들도 말끔하게 처리할 수 있을 겁니다."

자부심에 찬 목소리로 당당하게 말을 마친 그녀는 고상하게 몸을 틀더니, 살짝 웃으며 말했다.

"아마 그 해결책에 대해서는 렌이 잘 설명해 줄 것입니다."

순간, 르헨님을 따라나서려던 렌은 얼어 붙어버린다. 원래 소심한 성격의 렌에게 이런 일은 엄청난 수난임이 틀림없다. 그리고 르헨님은 렌의 어깨를 두어 번 부드럽게 두드리더니 돌아나서다 특유의 미소를 띠우며 마지막으로 슬쩍 묻는다.

"혹, 김윤주의 집 근처에 있는 영혼 중 가장 적은 이들이 알고 있는 아이가 누군지 찾아봐 주시겠습니까?"

해가 저물고 은은한 붉은빛을 내뿜는 검은 하늘 아래 오늘도 그녀는 울고 있었다.

"이년, 이년! 너 같은 건 나가 죽어야 돼. 왜 사니, 왜 살아? 더 맞아! 식충이 같은 년. 6살이나 쳐 먹었으면 입양도 힘들어. 얼굴이 못났으니, 몸이라도 튼튼해야지, 키만 꼬마마냥 조막만해서는 깡말라서 더 못나기만 한 년. 네년이 먹는 밥이 얼마인지 알기나 해? 밥값도 못하는 고마움도 모르는 년, 더, 더 맞아!!"

악쓰듯이 외치는 화려한 화장을 한 여자, 그리고 몸을 웅크리고는 흐느끼는 한 소녀. 맞을 때마다, 짐승처럼 울부짖으며, 몸을 더, 더 둥글게 말았다. 발로 차이고, 꼬집히는 소녀는 작게 흐느꼈다. 맞으면서 그녀는 생각했다. '하느님, 하느님이 정말로 있다면… 저를 때리는 이 여자를 죽여주세요…' 6살의 어린 소녀의 머릿속에서 나오기에는 너무나도 무섭고 씁쓸한 말이었다.

 그녀의 선행

D-5 오후 3시

"어머, 오늘도 오셨네요."

"아… 안녕하세요, 원장님?"

살짝 주름지긴 했지만 한번 찔러보고 싶을 정도로 통통한 볼에 짧게 자른 단발머리, 그리고 수수한 잿빛 원피스와 황토색 숄. 참 인심 좋게 생긴 사람. 하회탈이라도 되는 양 마냥 함박웃음을 웃느라 길게 호를 그린 눈과 팔자 주름이 새겨진 그 모습. 누가 봐도 마냥 편안하고 인심 좋은 아줌마지만 나는 알고 있다. 이 사람의 진심을.

'저거, 또 왔네, 저거. 아주 그냥 돈이 썩어나나 봐? 아주 매주 오시네, 그냥. 좋겠소, 돈 많아서. 오늘도 돈 기부하러 왔나, 갖다바치러 왔나? 돈 주는 건 좋은데, 그냥 입금해 주면 안 될라나. 요새 은행 시스템이 얼마나 좋은데. 저 거 온다고 매번 옷 갈아입기 귀찮아 죽겠어, 아주. 화장도 다 지우고 저런 물 빠진 까만 봉지 같은 옷이나 입고 있으려니까 나도 아주 수녀님 다 되겠어. 저거 때문에 저 식충이, 밥벌레들도 매번 씻기고 옷 갈아 입혀야 된다니까. 맞아서 멍든 것 들킬까 봐 마음 놓고 때리지도 못해. 게다가 온종일 웃고 있 느라, 입가 근육에 경련 일어나려고 그런다니까?'

어떻게 이렇게 선량해 보이기만 한 여인이 그런 생각을 할 수 있느냐고 묻 는다면, 나는 이 이야기를 해줄 것이다. 겨우 4일쯤 전의 이야기를. 씁쓸하디 씁쓸한 그 이야기를.

맨 처음에는 연예인 재이로서의 이미지 관리를 위해 이곳에 왔다. 어느 연 예인이나 그렇듯 이미지 관리는 중요한 법이다. 특히나 나처럼 본디 성격과 는 전혀 다른 청순가련한 여인의 이미지는 말이다. 그런 나인만큼 누구에게 나 칭찬을 들을법한 사랑의 집에서의 봉사로 이러한 이미지를 보강하려 했 다. 매일 이곳에 다니기 시작한 지 3주쯤 되던 날, 우연히 이 사랑의 집 근처를 지나가다 연락하지 않고 찾아 간 적이 있었다. 어차피 곧 가야 하기에 조금 일찍 간다고 별다른 차이가 있을까 싶었다. 소박하고 조금은 낡은 문 앞에 서서 초인종을 누르자, 뎅뎅거리는 초인종 소리와 겹쳐진 퉁명스럽고도 귀에 거슬리는 목소리가,

"에스더! 송에스더! 그년 돌보지 말고 문이나 열어 봐. 저 뎅뎅거리는 소리가 얼마나 귀에 거슬리는지 알기나 해? 그 썩을 년은 종일 귀찮게 해, 하여간. 그거 몇 대 맞았다고 죽기를 해? 빨리!"

원장의 선량한 얼굴은 당연히 그녀가 인정 많은, 자신의 아이를 키우는 대신 부모 잃은 아이를 돌보는 한 선한 중년의 아주머니라 믿게 만들었다. 하나 이 사랑의 집 수녀가 저런 식으로 말할 리는 없다. 그리고 비록 좀 거슬리는 목소리이기는 했지만, 원장과 거의 일치하는 목소리는 나의 의심을 확신으로 만들었다. 믿을 수가 없어 당황한 채로 멍하게 서 있는데, 문이 살짝 열렸다. 한때는 정겹게만 들렸던, 이제는 학대의 증거물로만 들리는 끼익거리는 문소리와 함께, 내 앞에는 155가 간신히 넘을 것 같은 키를 가진 여자가 살짝 구겨지고 무릎이 닿는 부분이 살짝 해진 수녀복을 갖추어 입고 문을 열었다. 그녀였다. 그 사랑의 집에서 유일하게 나와 가까운 사이인 그녀, 다른 수녀들처럼 외면하지도, 원장처럼 구박하지도 않고 아이들을 순수하게 정성으로 돌보아주는 유일한 수녀인 그녀, 송에스더였다. 높은 구두의 굽까지 합하여 총 170 정도 되는 키를 가진 나와 대조되는 그녀. 예쁘다고는 할 수 없었으나, 부드러운 동그란 안경과 얼굴, 꾸미지 않은 수수한 모습을 보이는 단발머리는 그녀의 본디 성향처럼 상당히 선한 인상을 주었다. 작은 키 때문인지, 실제 나이보다 3, 4살 어려보이는 여자.

현관에서 들어오려는 나를 원장의 부탁(아니, 실은 명령)을 받고는 들어오지 못하게 막고는 애처롭게 나중에 모두 다 설명하겠다는 눈빛을 하고서 조근조근 작은 목소리로 이것저것 자질구레한 이야기를 늘어놓으며 나의 발걸음을 막았다. 횡설수설 계속해서 무언가 말을 하던 그녀는 5분, 10분 정도가

지나고 옷을 갈아입은 원장이 다가오자 흠칫 놀라며, 뒤로 물러섰다. 원장은 최대한 수수하게 입으려 노력한 듯했으나, 화장과 치장이 일상인 연예인인 나의 눈에는 급하게 립스틱을 지워 살짝 붉어진 입가와 유달리 짙고 속눈썹이 풍성한 눈가, 그리고 긴 원피스 아래로 살짝 보이는 힐, 마지막으로 공들여 안쪽으로 말아 살짝 부푼 머리카락은 내 의심이 사실이 되는 데에 큰 도움을 주었다.

"어머, 재이씨, 오늘은 오시는 날이 아닌데…. 웬일이세요?"

그리고 가식적인 웃음 한 방.

"아, 이 근처에 볼일이 있어서요, 잠깐 들렀어요."

나 역시 가식적인 웃음 한 방.

"아, 그러시구나. 그런데, 지금은 낮잠 시간이라서 애들이 다 자는데, 어쩌죠?"

그게 아니라 잔뜩 더럽혀져서는 이곳저곳에 기운 없이 쳐져 있는 아이들의 모습을 보여주기 싫은 거겠지, 아마. 그래도 나는 이곳에 마지막이라는 생각으로 꿋꿋하게 가식적인 멘트와 함께 수표 몇 장을 쥐어주고는 걸음을 재촉해 일부러 구두 굽 소리를 크게 내며 뒤로 돌아 사랑의 집을 나와 차를 탔다. 가식적인 원장과 그 사랑의 집에서 유일하게 사람다운, 인간미 있는 순수한 에스더를 머릿속에서 비교 대조해대면서. 다시는 그 집에 가지 않겠노라 맹세하면서.

다음날, 에스더에게 마지막 인사도 할 겸, 마지막으로 그곳에 들렀다. 그리고 그곳에서 그녀가 말해 준 이야기를 요약정리하자면, 이곳의 원장은 아이들을 때리고 밥도 잘 주지 않으며, 기부금으로는 술, 담배, 값비싼 치장을 하는 데 탕진한다는 것, 그리고 이 모습을 보면서도 다른 수녀들은 아무런 말도 하지 않고 기도만 거듭한다는 것이다. 종교라고는 조금도 믿지 않는 나로서는 어쨌거나 아이들을 돕기 위해 노력하는 에스더와 대조되는, 그 어떠한 노력도 하지 않고 신에게만 의지하는 그 수녀들이 한심스러웠지만 아무 말도 하지 않고 그저 에스더의 말을 묵묵히 들어주었다. 내가 그곳에 도착했을 때의 밝고 명랑한 아이들 역시 꾸며낸 허상이었다. 착한 아이로 굴지 않으면 밥을 주지 않겠다는 그녀의 말에 순진한 아이들이 이용당한 것이다.

그러나 그곳에 나가지 않기로 결심한 지 며칠 되지 않아, 아주 잠깐 그곳에 가지 않았던 나는 곧 다시 그곳을 찾았다. 이미지 관리 때문이 아닌 죄책감에 못 이겨서. 속죄를 위해서….

오늘도 사랑의 집에 들어선다. 에스더는 오늘도 다른 수녀들 대신 바지런히 일하고 있다. 예전과 지금, 달라진 것이 있다면, 표정. 울음을 한껏 참고 있는 그녀의 표정이다. 더 이상 웃지 않는 그녀의 표정이다. 그 선한 얼굴로 온 얼굴 가득 미소짓던 그녀는 더 이상 없다. 내가 그녀를 그렇게 만들었다는 생각에 나는 더욱 말할 수 없는 죄책감의 구렁텅이에 빠진다. 오늘도 기분이 찝찝하다. 이제는 아려오는 가슴을 움켜쥐고 탐욕스러운 원장의 손에 수표 몇 장을 쥐어주고 나오는 내 마음은 수표 몇 장만큼의 죄책감이 덜어지는 것이 아닌, 더 지워지고 있었다.

이제 10여 년이 지나 16살이 된 소녀는 이제는 더 늙어 버린 여자에게 아직도 맞고 있었다. 그러나 이제 그녀는 좀 다른 기도를 했다. '하느님… 그 부탁이 너무 어려운 부탁이었다면, 차라리 저를 죽여주세요…' 이전의 기도보다도 슬픈 기도. 과연 나에게도 행복은 오는가…. 소녀는 생각했다. 하느님은 그런 간절한 소녀의 소원을 들어주지 않으셨다. 그 대신, 행복을 주셨다.

chapter 3 소녀의 기도

오늘도 종소리는 시원하게 울려 퍼진다. 누구나 한번쯤 들어봤을 법한 그 '소녀의 기도'라는 곡의 앞부분에서 따온 종소리. 이 소녀의 기도를 들으며 이 자리에서 수많은 이들이, 수많은 학생들이 머릿속으로 종교와는 무관하게 같은 기도를 반복한다.

'하느님 아버지, 제발 오늘만은 이 공포의 까만 통굽에게서 무사 귀환, 살아남게 해주시어 저를 빡지에서 구원하사 제가 밤에 빡지를 쓰는 대신 부족한 잠을 보충하여 다크써클에서 탈출하도록 하여 주시옵소서….'

그러나 공포의 통굽에게 자비를 기대하는 것은 사치일까. 곧 단체 빡지라는 말 한마디로 수많은 아이들의 종교를 바꾸고 기절시키고 좌절에 빠트리는 그녀. 그녀의 이름은 그 이름도 찬란한 공포의 통굽. 이 울부짖는 수많은 중3들 사이에서… 그는, 이우진은 가슴을 부여잡고 쓰러졌다.

"야, 니 짝꿍 봐라. 공포의 통굽 때문에 기절했다."

"기절할 만하다, 야. 빡지 3장이 웬 말이냐? 것도 앞뒤 꽉꽉 채우라는 건 죽으란 소리지."

"통굽이니까 할 수 있는 무적의 스킬이지. 야, 솔직히 통굽은 우리 빡지 시키는 재미에 학교 다닐 걸? 그 눈물겨운 빡지 30장에 내가 한이 맺혔다, 한이. 내가 그거 쓰고 이틀 동안 팔 덜덜 떨었잖아."

"사기 및 공갈은 범죄다 이 자식아. 야, 그거 알코올 중독 아니었냐? 그리고 너는 어차피 볼펜 5개 묶음 쓰기의 기적을 만들어 낸 놈이잖아. 그래놓고서는 무슨 우는 소리야. 안 그렇냐, 우진아?"

"이놈이 어디서 이 건전한 새 나라의 청소년을 보고 알코올 중독을 부르짖는 게냐. 그리고 볼펜 5개는 모세의 기적보다 더 대단한 거거든. 더 유용하고 말이다. 그건 그렇고, 야, 이우진, 얼른 일어나라. 통굽 간 지가 언젠데 아직도 연기냐. 아까도 말했듯이 사기는 범죄다? 그 실력이면 그냥 공부하지 말고 연기 계열로 가지 그러냐? 소름 돋을 지경이다 야."

"이우진아, 일어나라. 3초 안에 안 일어나면 119에 러브콜 보낸다. 3. 2….."

"야, 장난이 좀 심하다, 이우진."

"이우진? 이우진?"

"이우진! 우진아 말 좀 해봐! 이우진!"

"이우진, 우진아! 야, 뭐해, 아무나 한 놈 119에 전화 하고 쌤 모셔와!"

꿈을 꿨다. 아주 긴 꿈을.

꿈속에서, 자다 일어나니 엄마가 울면서 자기를 알아보겠느냐고 계속해서 물었다. 그러고는 나를 끌어안고 펑펑 울었다. 엄마가 우는 건 한 번도 본 적이 없다. 이게 내가 지금 꿈을 꾸고 있다는 첫 번째 증거다.

엄마가 좀 이상해 보여 살짝 미간을 찌푸리면서 알아보겠다고 약간은 퉁명스럽게 대답했다. 그러니 엄마가, 내 찌푸린 미간을 바라보며 화들짝 놀라 '너 어디 아프니?' 하고 물으며, 의사선생님을 모셔오겠다고 했다. 그제야 여기가 병원이란 깃도 내기 횐자복을 입고 있다는 것도, 내가 링거를 달고 있다는 것도 눈에 들어왔다. 어찌된 것인지 엄마에게 묻자, 엄마는 내가 꼬박 이틀을 기절해 있었다는 사실을 전해 주었다. 나는 여태껏 단 한 번도 기절 같은 것은 해본 적이 없는 비교적 건강한 사람이었다. 이게 내가 지금 꿈을 꾸고 있다는 두 번째 증거다.

엄마에게 내가 어디가 아픈 건지 묻자, 엄마는 눈물을 주렁주렁 매달고 금방이라도 떨어져버릴 것 같은 표정으로 별일 아니라고 했다. 아니, 그렇다고 자신을 세뇌시키는 표정이었다. 그런 표정으로 말을 하는데 누가 믿을까. 과연 믿을 수 있는 사람이 있을까? 그래도 엄마가 금방이라도 울음을 터트릴 것 같아, 나는 화장실에 다녀오겠다며, 링거를 끌고 일어섰다. 굳게 닫히는 병실 문소리와 함께, 엄마의 울음도 터졌다.

이틀이 지난 후, 나는 어렵게 시간을 내, 어렵게 만나, 어려운 표정으로 어려운 말을 하려고 한다며, 어렵사리 말을 꺼내는 친아버지이지만 어려운 내 아버지에게서 내가 심장병이라는 충격적인 소리를 들었다. 그런데도 불구하고 내 표정은 담담했다. 이게 내가 꿈을 꾸고 있다는 가장 결정적인 세 번째 증거다.

엄마는 거의 날마다 울고도 울지 않은 척하고, 아버지는 그 말만을 남긴 채 병든 친자식은 병원에 던져두고 어머니의 울음이라는 후폭풍을 피해, 아버지가 일하는 대학교 근처에 위치한 우리 집에서 혼자 생활하고 계신다. 아무리 바빠도 친자식이 심장병이라는데 매정하게 병실에 두고 떠나버릴 그런 아버지가 어디 있을까. 이게 내가 지금 꿈을 꾸고 있다는 네 번째 증거다.

평소처럼 단정하고 완벽한 모습에 전문직에서 일하는 전형적인 중년의 오피스 우먼이 아닌 자신이 아픈 마냥 핼쑥해진 어머니의 입에서는 울음과 아버지에 대한 투정 섞인 비난, 그리고 불쌍한 내 새끼라는 말이 끊임없이 흘러나왔다. 나를 위로하는 말이었지만 가슴은 콕콕 쓰라려왔다. 이미 생채기가 날 대로 난 내 가슴에 가시가 달린 위안의 말이 상처를 덧나게 한다. 도대체 아픈 것은 나인가, 어머니인가. 평소의 엄마와는 달리 이런 약한 엄마의 모습이 나를 더 힘들게 한다. 이런 낯선 어머니의 모습이 내가 꿈을 꾸고 있다는 마지막 증거다.

아무튼 나는 한시 빨리 이 꿈에서 깨어나야 한다.

이 잔인하디 잔인한 악몽에서.

이제 16살이 된 소녀는 더 이상 기도하지 않았다. 더 이상 슬프지 않았기에. 하느님이 그녀에게 준 행복의 선물은 너무나도 달콤했고, 그녀에게는 너무 벅찬 축복이었다.

"예쁜 공주님, 이름이 뭐야?"

"…이름 같은 거 없어. 저 아줌마는 날 이년, 저년이라 불러. 아줌마도 그냥

나 같은 것 신경 쓰지 말고 꺼져. 괜히 눈 밖에 나."

"안 돼. 이렇게 예쁜 아가씨에게 이년이라니. 내가 예쁜 이름 지어줄게. 음… '이연' 어때? 앞으로 아줌마, 그러니까 원장님은 널 이년이라고 부르는 게 아니야. 이연이라는 네 예쁜 이름을 부르는 건데 이년으로 발음이 날 뿐이야. 연꽃 연 자. 얼마나 예뻐?"

그때부터 소녀는 행복해지기 시작했다.

chapter 4 스쿠터는 운명을 타고

D-day 오후 7시

이곳은 사의 도시 사향. 사의 업을 맡은 사신들의 영역. 나는 이곳에서 아래쪽 인간의 도시를 내려다보며 '한주은'을 관찰하고 있다. 그녀는 또 하나의 키워드. 김윤주, 이우진, 희생양과 함께 '불량영혼 사건 해결'의 키워드이다. 우리가 만든 해결책에는 그녀가 꼭 필요하기 때문에, 내가 지금 그녀를 지켜보고 있는 것이다. 그녀는 희생양을 만드는, 즉 죽은 영혼을 만들어주는 역을 맡을 것이다. 이 말은… 그녀가 사람을 죽여 희생양을 만들 거란 뜻이다.

날이 많이 차가워졌다. 그녀가 사랑의 집에 다시는 가지 않겠다고 결심한 지 나흘째 되던 날, 그녀는 차를 타고 강가 촬영지로 이동했다. 두툼한 양모 스웨터를 걸친 그녀의 팔 너머로 닭살이 오소소 일어난다. 아직 입김은 나오지 않지만, 촬영을 위해 가벼운 옷만 걸치고 있던 그녀에게는 너무나도 쌀쌀하다. 예명 재이, 본명 한주은. 연예계에 몸담고 있으며 배우로 시작, 지금은 청순가련의 대명사로 쓰이는 그녀다.

잡지촬영이 있는 오늘, 살점이 떨어져 나갈 듯한 몇 년 만의 추위가 닥쳤다. 오늘 같은 날 하필 얇은 원피스를 꼭 입혀보고 싶은지 계속해서 그녀에게 얇은 천으로 만들어진 감색 원피스를 계속 권하는 사람들이다. 결국 억지로 감색 원피스를 입고 추위에 몸을 떨며 옷을 다시 갈아입으려 하는 그녀의 손에 들린 것은 꼭 나무줄기 같은 끈으로 된 샌들과 다른 색의 얇은 원피스 몇 벌이었다.

그녀는 스트레스를 잔뜩 받은 날은 꼭 스쿠터를 몰곤 한다. 그것도 정해진 코스로. 그런 그녀 덕에, 앞에서 언급했듯 우리가 구상해 둔 불량영혼 문제의 해결책을 쉽게 실현할 수 있었다. 우리는 최대한 운명을 적게 조작하려 노력한다. 운명을 많이 조작할수록 인간이 더 많이 이상함을 느끼기 때문이다. 우리가 가장 적은 이가 알고 있는 사람을 희생양으로 고른 이유도 그 때문이다.

누군가와 친분이 있다는 것은 그들의 운명에 그녀가 깊게 달라붙어 있다는 것과 같은 이야기이다. 그러니 최대한 적은 사람이 알고 있는 사람은 다른 사람의 운명에서 떼어내기도 쉽다. 희생양에게는 미안하지만 대를 위해 소를 희생할 필요도 있는 법이다. 희생양 뿐 아니라 누군가를 죽여야 할 운명인 한주은에게도 조금은 미안하다. 아마 그녀는 평생을 죄책감에 살아야 할 것이다.

물론 우리의 능력이라면 한 사람 정도는 이 세상에 존재한 적이 없는 사람으로 만드는 건 일도 아니다. 하지만 그런 능력은 방대한 대가를 요구한다. 세상에 존재한 적이 없는 이로 만들려는 사람과 친분이 있는 사람의 수만큼 내 수명이 줄기 때문이다. 김윤주를 세상에 존재한 적이 없는 이로 만들기 힘든 이유가 이것이다. 만약 그녀가 세상에 존재한 적이 없는 이가 된다면, 이우진의 어머니와 이 교수의 아내는 사라진다. 그렇다면 이 교수를 알고 지내던 이는 이우진의 어머니를 궁금해 할 것이다. 그렇다면 일일이 기억을 수정해야 하는데, 그것은 기억을 지우는 것의 두 배쯤 많은 수명을 요구한다. 그래서 우리에게는 일이 잘못되어서 세상에 존재한 적이 없는 이로 만들어야 할 때, 수명을 가장 덜 사용할 수 있는 이를 원하는 것이다.

어쨌거나 우리의 날씨나 사람의 취향 조작에 맞추어 짜증이 날 수밖에 없는 주변 환경 때문에 그녀는 잔뜩 골이 나 있다. 아마 그녀는 오늘도 반드시 스쿠터를 몰 것이다.

지금은 저녁 7시. 해가 일찍 저버리는 바람에, 촬영은 끝나고 말았다. 오늘따라 기분이 나쁘다. 오늘 유달리 까칠하게 구는 촬영 총 책임자. 내게 계속 얇은 원피스를 입히지를 않나, 샌들을 신기지 않나. 무조건 감기에 걸린다는 데에 내 스쿠터를 건다.

마음 같아서는 인상 완전 팍! 쓰며 화를 벌컥 내고 싶었으나 나의 밥줄인 청순가련한 이미지를 위해 속으로 수많은 뒷담을 리플레이 해댔다. 이렇게 몰래 뒤에서 욕하는 건 내 스타일이 아닌데, 하여튼 영 마음에 안 든다. 이놈의 돈이 뭐기에. 이외에도 날씨, 사랑의 집, 매니저까지, 뭐 하나 마음에 드는 게 없다. 아무래도 오늘 스쿠터 좀 밟아야겠다.

지금 시간은 7시 반. 방금 촬영장에서 돌아와 간단하게 배나 하나 깎아 먹는 걸로 저녁을 때웠다. 흠… 아직 스쿠터를 타기에는 이른데…. 스쿠터를 모는 걸 들키면 안 되느니만큼, 하늘이 캄캄한 시간대를 선호하는 나다. 시간은 더디게만 가고 너무나도 심심했던 나는 모처럼 내 팬클럽 공식 카페에 들어가 본다.

온통 희고 분홍빛인 내 팬 카페의 모습. 몇몇 사진들을 보다가 이런 생각이 든다. 저 사람들은 알고 있을까? 내가 스쿠터를 몬다는 것. 나도 침을 흘리며 잠을 자고, 나도 화장실에 가고 나도 화낼 줄 알고 늘어난 추리닝 입고 돌아다닐 줄 알고 밤새 게임도 해봤다는 것. 온통 예쁜 사진들, 귀여운 사진들, 티 없이 맑고 깨끗해 보이기만 한 사진들을 보다가 화면을 꺼 버렸다. 저건. 저건 내가 아닌데. 홧김에 그대로 목도리와 점퍼를 집어 들고서 밖으로 나선다.

지금 시각 8시 5분 전, 20여분 만에 나는 집을 나선다. 아…. 진즉 나올 것을. 나는 목도리에 헬멧, 그리고 점퍼까지 꽁꽁 싸매 나를 철저히 숨긴다. 청순가련의 대표주자 여배우 재이가 스쿠터를 몬다는 게 들키면 끝장이니까. 비록 그게 내 본모습이 아니라 해도 사람들은 내가 그러길 바라니까. 남들의 시선으로 먹고사는 오로지 생계형인 연예인 나 한주은은 스쿠터에 올라탄다.

바람이 헬멧을 스치는 소리. 싸한 바람이 발목을 감싸 종아리를 휘감고 허벅지까지 올라온다. 차츰 마음이 편안해지는 것을 느끼며 주은은 슬며시 눈을 감았다. 거의 매일 달리는 코스. 이제는 눈을 감고도 탈 수 있다. 주은은 습관적으로 운전을 하며 공상에 젖어 들어갔다. 싸하면서도 약간 짠 내가 섞여 있는 듯한 바람은 발목을 얼리면서 주은에게 바닷가에 있는 듯한 착각을 불어 넣었다. 그래, 여기는 바다다. 조용하고, 나 혼자 뿐인 바닷가.

아역배우 출신인 만큼 어렸을 때부터 스포트라이트를 받고 자라온 그녀. 누구나 바라는 동화 속의 공주님이었지만 그녀는 라푼젤이었다. 사람들은 탑 밖으로 보이는 그녀를 사랑해 주었지만 그 누구도 그녀를 진정으로 알아주지 않았다. 가끔 호기심 많은 이들이 그 탑을 넘어 기사를 퍼트리려 했지만, 그때마다 소속사라는 마녀가 돈을 쥐어주며 그 모든 일들을 감추었다. 아무도 모르는 뒷이야기를 지닌 그녀는 다름 아닌 자유를 원했다. 그 누구보다 절실하게. 탑에서 빠져나오길 바라지만 자신의 힘으로는 나올 수 없어 백마 탄 왕자님을 기다릴 수밖에 없는 라푼젤은 평범한 소녀들처럼 길거리 음식도 맛보고, 얼굴을 가릴 필요 없이 자유롭게 거리를 활보하고도 싶었다. 누구나 해볼 수 있는 중요하지 않은 공상이었지만 그녀에게는 망상이었다. 감히 범접할 수 없는 그런 탑 밖의 풍경에 물고기가 뭍에서 물을 그리워하듯, 날지 못하는 새가 하늘을 그리워하듯 그녀는 자유를 꿈꾼다.

이런저런 생각과 망상들을 지우기 위해 눈을 살짝 감고 있던 그녀의 두 눈은 강한 충격과 함께 번쩍 떠졌다. 쿵. 간략한 표현이었지만, 현실은 참으로 지독했다. 눈을 감고 있던 탓에 브레이크조차 밟을 생각을 하지 못했던 그녀는 '푸욱' 하는 징글징글한 소리와 귀가 멀 정도의 굉음을 두 귀로 그리고 온

몸에 전해져오는 진동으로 듣고, 느껴야 했다.

붉게, 더욱 붉게 주르륵 입에서 터져 나오는 피는 붉은 꽃봉오리가 개화하듯 망울을 터트렸고, 상처가 났을 때의 흘러내리던 피와는 다르게 끈적하고 닿기만 해도 불쾌한 그런 피가 입에서 터져 나왔다. 한때는 노래를 불렀을, 누군가에게 다정한 말을 건넸을 입은 핏망울의 꽃을 피우고, 끊어졌다고 해야 맞을 그녀의 한쪽 다리는 헤라클레스가 빨던 유노의 젖이 은하수를 그리듯 힘차게 중력을 거슬러 뻗쳐나갔다. 길게 바람에 부드러이 흔들렸을 그 머리카락은 엉키고 설켜 고양이가 마구잡이로 흐트러뜨려 놓은 실뭉치마냥 땀과 피에 절어 있었다. 긁힌 것을 넘어서 갈려버린 피부. 그와 대조되게 핏자국만 뺀다면 비교적 깨끗이 남은 얼굴은 눈조차 감지 못하고 경악한 표정을 보존한 채 허옇게 분필가루가 내려앉은 것처럼 변해 있었다. 하얀 피부와 대조되는 붉은 피는 아이러니하게도 아름다운 색의 조합이었지만 아름답지 못했다. 식어버린 생명의 불꽃은 다시는 타오르지 않을 하얀 재가 되어 흩날린다. 그 뜨겁게 몸속에서 돌고 돌았을 피와 함께. 경악한 얼굴의 눈동자가 마치 그녀에게 외쳐대는 것만 같았다. '넌 살인자다. 아무렇지 않게 사람을 죽인 살인자다. 애먼 한 소녀를 죽여, 한창 미래를 꿈꿀 나이의 소녀에게서 생명의 불꽃을 앗아가 버린, 자신의 자유에 대한 열망과 망상을 한 소녀의 생명과 아무렇지 않게 바꾼 살인자다.' 스쿠터는 사신들이 꼬아놓은 운명을 싣고 질주하면서도 아무렇지 않게 엔진소리로 더욱 크게 운명을 퍼트리고 있었다.

그 하얗고 끔찍한 소녀의 눈을 경기 일으키듯 바라보며, 그러나 눈을 떼지 못하며 그녀는 변명하듯 더듬더듬 읊조렸다.

"아니야…, 내가… 죽인 거 아니야…. 내가 안… 그랬어…. 내가 그런 거 아…니야…! 아아악!"

사신들이 꼬아놓은 운명에 한주은은 살인자가 되었고, 또 그 운명의 장난에…. 한 소녀가 죽었다. 바로 희생양. 그녀였다.

"연꽃은 말이야, 굉장히 더러운 곳에서 자라. 진흙투성이인 흙탕물에서 자라거든. 그런데 연꽃은 그 아름다운 꽃잎을 피워내. 누구보다도 아름답고 청초한 꽃을. 우리 연이도, 그렇게 자랄 거야. 비록 지금은 흙탕물 속에 파묻혀 있어도 말이지."

"…그냥 이년이랑 비슷한 이름이라서 그렇게 지은 거면서."

"하하. 뭐, 그런 것도 없진 않지만, 그래도 매번 연이를 볼 때마다 연꽃이 생각났어. 연이는 참 예쁘거든."

그 말을 하면서 참 예쁘게 웃는 그녀였다. 소녀는 행복했다. 그 미소를 볼 수 있어서. 그녀는 그 행복의 선물을 받게 되면서 더 이상 맞지도, 울지도 않았다. 그리고 자신도 모르는 사이, 차츰 얼굴에 미소가 어리기 시작했다. 몇 달 뒤, 행복의 선물을 완전히 신뢰하게 된 소녀, 연은 처음으로 행복의 선물을 언니라 부르며 이름을 물어보았다.

"언니, 언니는 이름이 뭐야?"

chapter 5 그녀들 사이의 유대

D-42 오전 11시

가톨릭교도들이, 그것도 아주 독실한 자들만 단체로 모여 있다고 봐도 되는 우리 집안. 그 때문에 나는 태어났을 때부터 숨을 쉬는 것처럼 자연스럽게 가톨릭교도가 되었다. 거의 갓난아기일 때부터 세례를 받고, 성당에 다녔고, 역시 아주 자연스러운 일이라도 되는 양 수녀가 되었다. 한때는 이런 종교에 목매는 부모님들이 싫어서 반항해 본 적도 있었다. 하지만 가톨릭계 중, 고등학교를 나온 내게 친구라고는 모두 가톨릭교도뿐이었다. 도망칠 곳도, 피할 곳도 없다. 나의 반항에 부모님은 하나님을 찾으며 이 어린양을 구원해 달라며 하나님을 찾으며 기도하셨고 그 모습조차 싫었던 나였지만, 항상 가톨릭에 속해 있었던 나는 기댈 곳이라고는 종교뿐이었다. 그 때문인지 아이러니하게도 나도 힘들 때면 자연스럽게 하느님을 찾게 되었다. 차츰 나이를 먹어가면서 나는 더욱더 종교에 순종적인 양으로 길들여지기 시작했고, 한참 뒤 뒤를 돌아보면 어느새 나는 부모님만큼이나 독실한 가톨릭 신자가 되어 있었다. 이런 내가 수녀원에서 나와 처음으로 일하게 된 곳이 바로 사랑의 집이었다.

화려한 화장의 꽤 나이 있어 보이는 아줌마. 통통한 뺨에 짧은 옷을 입어서인지 날카로워 보인다. 약간 차가워 보이고 아이를 좋아하게 생기지는 않았다. 내 편견일 뿐일까?

"나이는?"

"27입니다."

"흠…. 좀 나이가 있네? 그럼 다른 시설에서 일한 경험은?"

"아… 없어요. 이곳이 처음이라서 좀 서툴지도 모르지만 그래도 잘 부탁드립니다."

상당히 놀랐다. 지원자는 나 하나. 아이들을 좋아해서 이곳, 사랑의 집을 지원했지만 의외의 결과. 당연히 적어도 10명은 될 거라 생각했는데. 게다가 내 지원서를 읽는 기색도 없어 보인다. 물론 나 하나니까 무조건 내가 여기서 일하게 될 것이다. 그래도 면접이 떨리는 것은 어쩔 수 없다.

"통과."

"네?"

이렇게 간단하게 통과시킬 줄이야. 아무리 지원자가 나밖에 없다지만 아이들을 좋아하는지, 아이들에게 무얼 해줄 수 있는지 정도는 물어야 하는 것 아닌가? 나름대로의 생각은 있었겠지만 미심쩍은 것은 어쩔 수 없다. 뭐…. 알아서 하시겠지. 어쩌면 수녀 원장님께 내 이야기를 들은 후일지도 모른다. 아니면 아무도 지원하지 않은 이곳에 지원했다는 그 자체를 높이 평가한 건지도 모른다.

그래 그렇겠지.

"자, 그럼 면접은 통과고…. 이름이 뭐라고 했지?"

"아…. 송에스더. 송에스더입니다."

"아…. 송에스더. 송에스더야."

"흐흐흐. 에, 에스더래. 푸푸풉. 꼭 무슨 외계인 이름 같아. 후후. 한국사람 맞아요?"

"이런, 나는 한민족이 확실한 걸? 그리고, 에스더란 이름은 성경에서 따온 거야. 성서에 있는 에스더기에 보면 유대인 모르드개의 양녀 에스더는 매우 아름다워서 왕비가 되었어. 어느 날, 모르드개에게 화가 난 하만이라는 대신은 유대인을 박해하라는 조서를 내렸대. 그 당시에는 왕비라도 왕의 허락 없이 함부로 왕의 앞에 나타나서는 안 돼. 그러나 에스더는 오랫동안 기도를 한 후 용기를 내어 왕의 앞에 가서 그 조서를 철폐해 주기를 요청했지. 그리고 그 조서를 철폐하는 데 성공했어. 그리고 유대인이라는 이유로 왕비까지 처형하려 했던 하만은 교수형을 당했지. 부모님은 내게 꼭 필요할 때, 주님의 힘을 받아 용기 내어 선을 행하라고 이런 이름을 붙여 주셨대."

어쩌면 태어나서 처음일지도 모르는 웃음을 터트리며 이런 저런 이야기들을 하는 연이는 너무나도 행복했다. 그러나 공짜란 없는 법. 신계서는 이 행복의 선물에 대한 대가로 너무나도 큰 것을 가져가 버리셨다.

D-day 오후 8시 반

하늘은 검으나 세상은 밝다. 모두가 검은 망토에 모자까지 덮어 쓰고 있었지만, 그들은 서로를 구별할 수 있다. 이곳에서 검은 망토를 쓰지 않은 자들은 오직 셋, 3대 성인. 그들은 하얀 망토를 덮고 모자를 쓰지 않고 있다. 이 검으나 밝은 사신의 나라, 사향 중, 사의 도시에 두 명의 검은 망토를 덮고 있는 자들이 보인다. 바로 나와 미리암. 그녀는 크고 말랐으며 사무적인 안경을 쓴, 신경질적인 고음의 목소리를 가진 여자였다.

"그래서 지금 일은 어디까지 진행이 되었나요?"

그녀가 말했다.

"아마 곧 끝날 것 같습니다."

"아마? 하, 방금 아마라고 했어요? 우리는 예측이 아닌 정확한 정보를 원한다고요! 또 실수가 생긴다면, 그땐 정말 용서하지 않을 거예요."

오, 미리암. 오늘도 날 괴롭히는 맛에 사는군. 하루 종일 그렇게 나를 갈구면 재미있나?

"정확하게 어디까지 진척되었소, 각운?"

"아… 이제 김윤주가 소멸한 곳 근처에서 영혼을 수거하는 데까지 이르렀습니다. 이제 수거한 영혼을 김윤주의 영혼과 바꾸기만 하면 됩니다."

그렇다. 우리가 찾은 방법은 영혼이 소멸된 육신에 다른 이의 영혼을 불어넣는 것. 즉, 김윤주의 육신에 다른 죽은 이의 영혼을 담는 것이다. 이제 죽은 자, 그러니까 희생양의 영혼을 수거하였으니 김윤주의 육신에 넣기만 하면 되는 것이다. 죽은 자는 불쌍하다. 우리로 인해 희생되었으므로. 그러나 우리로서는 어쩔 수 없는 선택이다. 자연에도 법칙이란 게 있는 법. 자연의 법칙을 거스르지 않기 위해 한 영혼의 희생은 어쩔 수 없는 것이다. 왜, 그 최대 다수의 최대 행복이라는 것도 있지 않은가. 그러나 우리에게도 자비로움과 동정심은 있는 법. 공짜로 이 영혼을 희생시킬 생각은 아니었다. 우리는 희생된 영혼이 김윤주의 육신에 들어가 일주일만 살면 바로 해탈할 수 있게 해줄 계획이다. 그의 업과 업보가 어찌되든 말이다. 아무리 그럴 의도가 아니었다 하여도 우리 손에서 놀아난 것이니 말이다.

"…아, 그런데 희생된 영혼은 이름이 뭐였소?"

"이연. 이연이랍니다."

조용한 밤. 온통 새카만 주변. 급하게 뛰쳐나온 소녀, 이연은 지나치게 캄캄한 어둠에 눈을 몇 번 깜박였다. 차츰 자신을 집어삼켜 버릴 듯 다가오는 어둠에 그녀는 움찔해 머뭇대다 도도도거리며 자신을 향해 다가오는 분주한 발소리에 앞도 제대로 보이지 않은 채 달려 나갔다. 아무것도 모른 채 그저 달렸다. 한참을 달리다 더 이상 뒤따르는 발소리가 들리지 않자 멈추어서 숨을 고르던 그녀는 어둠에 서서히 적응되어가는 두 눈에 공포를 머금고 하늘로 날아올랐다. 장밋잎 같은 붉은 빛을 가득 흩뿌리며….

chapter 7 죄책감

D-day 오후 8시 반

피가 역류하는 듯했고, 몸이 차갑게 식었다. 아니, 어쩌면 뜨거워진 걸지도 모른다. 심장은 미친 듯이 뛰었고, 뺨은 달아올랐다 식었다를 반복하는 것 같았다. 손목은 삔 듯한 느낌을 주면서 찌르르한 통증이 온몸으로 전해졌고 머릿속에서는 계속해서 아까 전 상황을 리플레이 해댔다. 거짓말을 하다 들킬 위험에 처한 아이 모습의 열 배, 스무 배로 그녀의 몸은 반응했다. 비명을 지르고 싶었다. 만약 이게 꿈이라면 얼마나 좋을까. 내 앞에 피를 흘리며 쓰러져 있는 저 물체가 사람이 아니었다면. 아니, 하다못해 단순한 부상을 입는 것이었다면. 그조차 안 된다면 내가 가는 사랑의 집 아이라도 아니었더라면.

아니, 어쩌면 잘된 걸지도 모른다. 어차피 사고가 날 거라면, 아무도 몰라주는 아이가 낫다. 그녀를 아는 사람은 기껏해야 원장과 그곳에서 일하는 수녀들. 게다가 그녀는 원장에게 꽤나 미움을 받았던 걸로 기억하니 아이들과 수녀들은 굳이 그녀를 찾으러 나서지 않을 것이다.

그녀를 아껴주는 사람이라곤 한 명. 에스더 수녀님. 에스더. 에스더? 순간 바늘이 가슴을 콕콕 찌르는 것만 같다. 아니 더 격하게, 무방비한 상태에서 누군가 팔꿈치로 내 명치를 세게 친 듯한 느낌이다. 그녀의 순진한 눈망울이 떠올라서. 악한 것은 들어본 적도 없을 것 같은 그녀가 떠올라서. 견딜 수가 없다. 그녀는 그곳에서 유일하게 아이들을 진심으로 아끼고 사랑하는 사람이었다. 특히 방금 내가 친 이 아이를 그녀는 유달리 아꼈다. 내가 이 아이를 치어 죽였다는 사실을 알게 되면 어떤 눈을 할까? 그 여리고 여린 눈동자에 눈물이 차오르는 것만 같다. 상처받은 눈망울을 할 테지. 나를 쳐다보려고도 하지 않을 테지. 그러고도 다 용서했다는 양 목소리를 가장해 눈물에 젖은 목소리를 감추며 괜찮다고 할 테지.

나와 그곳에서 유일무이하게 친근했던 존재이니만큼 그녀에게 상처를 주어서는 안 된다. 그리고 내가 아는 사람 중 가장 순수한 사람이다. 그녀를 상처 입히는 것은 마치 최고급 비단실로 정성들여 한 땀 한 땀, 우아한 무늬를 넣어 만든 아름다운 드레스에 흙탕물 한바가지를 쏟아 붓는 것과 같다. 그렇게 더럽혀진 드레스는 아무리 빨아도 모래알갱이가 나오기 마련이다. 그래서 결코, 결코 상처 입혀서는 안 된다. 무엇보다도… 내가 그녀를 이리도 좋아한 건 내가 공인이라는 사실을 모르는 것처럼 대해 주었기 때문이다. 공인이라는 어쩌면 트라우마일지도 모르는 이 가식적인 내 모습이 아닌 솔직한 내 모습을 사랑해주어서. 덕분에 나는 진정으로 내 겉모습과 화면 속 모습이 아닌 진짜 나를 아껴주는 사람을 만날 수 있었다.

　실망할 거야. 더럽혀질 거야. 많이 아플 거야. 안 돼. 그래서 안 돼. 말해서는 안 돼. 하. 나만 숨기면… 내가 이 사실을 숨기기만 하면…. 아무도 몰라. 그래 아무도 모를 거야. 내 비밀인 거야. 거의 아무도 모르는 존재니까. 돈에 쪼들리는 사람 중 아무나 하나 잡아서 돈 주고 그 사람이 사고를 낸 것처럼 가장하면 되는 거야. 주은아, 진정해. 일단 매니저한테 전화를 하는 거야. 그리고… 모든 걸 매니저한테 맡기자. 그래, 그러자 주은아. 이런 내가 추악해 보여도 어쩔 수 없다. 나는 추악하니까. 애초부터 거짓으로 먹고사는, 어릴 때부터 추악했던 나니까. 원래 이 추악한 모습을 가리려 가식으로 먹고 사는 배우니까.

　…그녀는 알까? 오히려 지금 밝히는 것이 낫다는 걸. 처음에야 다른 사람이 저지른 것으로 여기고 크게 받지 않을 상처겠지만, 나중에 그 사실이 들킨다면 배신감까지 더해 엄청난 상처가 될 거라는 사실을 알까. 흙탕물 한 바가지가 잠깐을 모면해 보려다 물감 한 바가지가 되고 만다는 것을 알까.

chapter 8 인신공양의 성공

D-day 오후 8시 42분

"으음…."

"일어났나."

'뭐지? 여긴 어디지? 그리고 저 사람은 또 누구야?'

"흠. 호기심이 꽤 많군."

'난 아무런 말도 한 적 없는데?'

“갓 죽은 영혼 마음 읽는 건 일도 아니지.”

‘죽…어…? 내가? 난 죽은…건가?’

머리가 복잡하다. 내가 죽었다고? 내가? 그럼 여기는 어디지? 저 사람은 또 누구인거지? 어쩌다가 죽은 걸까. 그래. 내가 죽었구나. 죽은 거구나. 딱히 미련도 없던 삶, 죽어버린다고 다를 것은 없다. 혼란스러운 내 머릿속에 그때의 모습이 떠오른다. 빠르게 다가오던 노란 불빛, 그리고 다리. 내 다리. 패닉을 느낀다는 것은 극심한 공포에 빠졌을 때야 가능한 것. 미처 패닉에 빠지기도 전, 나의 다리는 내 눈앞에서 날아가고 있었다. 서서히 감겨가던 나의 눈동자에 비친 여자. 상당히 예뻤던 걸로 기억한다. 마지막 발악이라도 하듯 나는 날 죽인 사람의 모습을 머릿속에 빠르게 스케치해 두었다. 미련도 없는 짧은 생애의 마지막은 참으로 처참함 그 자체였다. 하. 그 여자를 기억해 두어서 뭘 하겠다는 걸까. 그래 봤자 이미 죽어 복수도 할 수 없을 텐데.

그 순간 그 여자보다 더 강력하게 내 머릿속에 박혀 있는 인영. 아…? 에스더. 에스더 언니. 내가 죽었다면, 언니는? 언니는 어쩌지? 아…? 내가 왜 내가 죽었다는 걸 받아들이고 있는 거지? 그래, 아직 안 죽었어. 곧 언니를 만날 수 있을 기고. 난 안 죽었어. 안 죽었다고…!’

“죽었다는 걸 인정하는 게 좋을 거다. 그 편이 더 속편할 테니까. 그리고 실제로도 죽었고. 뺑소니라… 안 됐군.”

‘비록 우리가 계획한 뺑소니였지만 말이지.’

그녀와 함께 있던 남자가 그녀의 말이 마치고 뒤에 무어라 중얼거린 듯했지만 잘 들리지 않았다.

“누구세요? 또 왜 내가….”

그 냉정해 보이는 여자는 함께 있던 남자를 슬쩍 쳐다보더니, ‘타프카님, 듣겠어요. 목소리를 좀 낮추시죠.’ 라고 속닥거리고는 내 말을 중도에 끊고서는,

“귀찮게 일일이 다 물어 볼 필요는 없어. 내게 너 정도 하등영혼의 마음을 읽는 건 일도 아니니까. …지금처럼 네가 속으로 나를 욕하는 것조차도 말이

다. 나는 미리암. 사신. 너희는 흔히 저승사자라 부르지. 내가 너의 환생을 설명해 줄 거다. …환생이 뭔지도 모르다니. 쯧. 헛살았군. 환생이란 간단하다. 윤회사상에 맞추어 네 이번 생의 업을 다음 생에 업보로 치르는 거지. 이렇게 계속해서 순환하는 거다. …그래. 네가 이해할 거라 기대도 안했다. 좀 더 쉽게 설명해 주지. 잘 들어. 만약 네가 이번 생에 도둑질을 한 번 했다 치자. 그럼 너는 다음 생에 네가 아끼는 무언가를 도둑맞거나 하는 등의 일을 당하게 된다. 그리고 네가 이번 생에 다른 사람에게 돈을 기부했다, 그럼 다음 생에 네가 도움이 필요할 때 다른 사람도 널 도와준다는 거다. 쉬운 비유지. 그리고 계속 이렇게 몇 번이고 다시 태어나는 환생을 거치면 너는 더 이상 아무런 죄를 짓지 않은 생을 살게 되고 그럼 환생이 끝나고 깨달음의 경지, 즉 적멸의 상태에 이르는 거다. 그 적멸의 상태에 이른 이들이 우리 사신들이고 말이다. 우리 같은 신의 경지에.”

이 사람 꽤나 거만하다. 아니, 사람이 아닌가? 어쨌든 자신이 깨달음의 경지에 이르렀다는 것에 꽤나 긍지로 가득한 듯하다. 호감 가는 이는 아니나, 하는 말이 결코 거짓말은 아닌 듯 보였다. 그녀는 내 머릿속에서 벌어지는 각종 험담을 읽었는지, 콧방귀를 뀌었다. 아무리 봐도 어떻게 깨달음을 얻었는지 신기하기만 한 여자다. 그녀는 잠시 무얼 찾듯이 두리번거리다 저만치서 걸어오는 서너 명의 형체를 보고는 다시 가만히 그들을 기다리기 시작했다. 아무래도 그 서너 명이 그녀가 찾는 이들로 보였다.

“늦었어요, 각운. 당신은 깨달음을 얻은 자라면서 시간 약속 하나 지키지 못하나요?”

“죄송합니다. 3대 성인께서 함께 오겠노라 하시기에….”

“아무리 그렇대도 늦으면 안 되는 거 아닌가요? 시간을 지키는 건 기본 중의 기본입니다. 당신은 매사에 변명하려 들죠. 게다가…”

“미리암, 그만.”

한 곱슬곱슬한 갈색 머리칼을 가진 남자와 꽤나 예쁜 젊은 여자. 그리고 키가 작은 남자 하나와 각운이라 불린 남자까지. 4명이 모여서 다가오고 있었다.

갈색 고수머리의 남자가 말했다.

"일은 꽤 완벽하게 진행되고 있는 것 같소만. 한데, 아직 어려 보이는데 왜 하필 이 소녀인지 궁금하오?"

"나이가 많은 자들은 불만이 많은 법이지요. 나이가 어린 자들은 어머니인 김윤주의 역할을 제대로 수행하지 못할 것이고 말입니다. 이팔청춘 열여섯이면 말귀도 알아듣고 너무 나이가 많지도 않으니 이 일에 가장 적절한 아이이지요. 게다가 일이 잘못되면 쉬이 기억에서 지워버릴 수 있는 아이가 좋지 않겠습니까?"

젊은 여자가 생글거리며 묻는다.

"각운, 그럼 이 아이는 자신이 희생양이란 사실을 알고 있나요?"

"아니요. 저번 회의에서 말했던 것처럼 모르는 것이 훨씬 이 아이를 이용하는 데에는 유용할 것 같아 원래 계획대로 숨기기로 했습니다."

각운이 컴퓨터에 녹음된 문장을 읽듯 기계적으로 대답했다.

"대화중에 끼어들어 미안하지만 도대체가 무슨 일이죠? 사람을 끌고 왔으면 설명을 해야 할 것 아닌가요?"

내가 그 대화의 틈바귀 속에 간신히 끼어들며 당돌하게 외치자 모두 내 쪽으로 시선을 돌렸다. 모두 내 또래 같아 보이기도 하고 한편으론 아저씨, 아줌마로도 보이는 나이를 짐작할 수 없는 외모이기에 더 당당히 외칠 수 있었던 것일지도 모른다. 나의 외침을 들은 미리암이라는 여자가 내게 무언가 쏘아붙이려 하자, 그 계속해서 생글생글 웃던 젊은 여자가 내게 다가와서는,

"흐음…, 꽤 당돌하구나?"

하고 말을 했다.

"내가 당돌한지 당당한 건지는 봐야 아는 것 아닌가요?"

그 여자는 부드럽게 턱을 쓰다듬으며 그 큰 키로 나와 눈높이를 맞추기 위

해 허리를 우아하게 숙였다. 그리고…

"인간, 하등생물이지. 미천한 자가 감히 신의 앞에서 입을 그따위로 놀려? 마음 같아서는 당장이라도 거리의 부랑아로 환생시키고 싶다만, 너를 짜증나게도 이용해 먹어야 하기에 그냥 당분간은 내버려 두지. 내가 제일 싫어하는 것이 바로 내 권위에 도전해서는 안 될 자들이 도전하는 것이라서 말이다, 인간 계집."

주위에 있는 모든 이들이 이에 동조하는 듯 보였다. 처음보다 더 표정이 싸늘하게 식어버린 갈색 고수머리 남자, 여전히 겁먹은 눈으로 나를 비난하듯 바라보는 키 작은 남자, 코웃음 치는 미리암, 그리고 그녀 곁에서 금방이라도 죽이고 싶다는 눈빛을 한 채로 입 꼬리를 말아 올리는 타프카, 그리고 마지막으로 알 수 없는 표정의 각운. 더 말하고 싶은 나였지만, 넓은 평야 같은 이 어둡고도 밝은 곳에서 갑자기 솟아오른 유리벽에 갇혀 내가 한 그 어떤 말도 그들에게는 들리지 않게 된 듯했다. 분명 저들이 만든 벽일 것이다. 내 소리가 차단됨과 함께 바깥의 소리 역시 내게 차단되어 버리자 나는 무료히 앉아 있다가 내가 죽던 그 순간을 다시 회상하기 시작했다. 결코 좋은 기억은 아니지만 도무지 할 일이 그것밖에 생각나지 않았기 때문이다.

그 죽음의 여신처럼 아름답던 오토바이 운전자가 비틀거리며 오토바이를 끌고 도망치듯 가버리고 난 후, 그 자리에서 쓰러져 죽음의 고통을 맛보고 있던 나의 눈앞에 구세주가 나타났다. 아니, 나타났다고 생각했다. 적어도 나는. 내가 마지막 몸부림을 치듯 파들파들 떨며 가느다랗게 도와 달라 외칠 때, 그 구세주는 죽어가는 나를 그저 멍한 눈길로 바라보기만 하고 움직이지 않았다. 그리고 나는 도와달란 말 한마디 마무리하지 못한 채 숨을 거두었다. 도와달란 말이 내 마지막 말이었는데도 불구하고, 그는 그 자리에 못 박힌 듯 가만히 서 있었다.

어떻게 이렇게 자세하게 생각나는지는 몰라도 나는 종로에서 뺨 맞고 한강에 가서 눈 흘긴다는 말처럼 나를 차로 친 그 여자만큼이나 나를 배신한 그

구세주를 증오하기 시작했다. 지금까지 자신의 믿음에 배신만 당해 왔던 나에게 더욱 깊은 증오를 심어준 그, 내가 구세주라 믿었던 바로 그 남자였다.

내게 믿음이란 것을 주었던 그 사람, 에스더 언니가 보고 싶었다. 그녀만이 내가 빠져 있는 이 증오의 구렁텅이에서 나를 건져낼 수 있을 것이다.

"언니…. 보고 싶어요, 에스더 언니…."

나는 작게 흐느끼며 읊조렸다. 그런 나를 보며 그들이 살짝 웃은 것 같았던 건 나만의 착각이었을까.

그녀를 친 운전자는 반쯤 미치기 시작했다. 오토바이 옆에는 선명하게 굵은 글씨로 그녀의 이름이 적혀 있었다. 한 주 은. 그녀 주은 아니, 재이에게 이런 사고란 지나치게 충격적이었고, 또한 무서웠다. 반쯤 실성해 버린 그녀는 다시 오토바이를 몰고는 달아나 버렸고, 연의 차갑게 식어가는 몸뚱어리만이 그녀의 영혼이 가는 마지막 길을 배웅해 주었다. 그녀에게 행복에 대한 대가는 너무 냉정하고도 아픈 것이었다.

'하느님… 제게 행복이란 너무 과한 것이었나 봐요… 모두가 쉬이 가지는 그게… 내게는 너무 과한 부탁이었나 봐요…'

그녀는 아프게 마음속으로 되뇌고 또 되뇌었다. 신은 너무 가혹했다. 적어도 그녀에게는.

chapter 9 눈물은 거짓말을 한다

D-day 오후 8시 40분

까맣게 별 하나 보이지 않는 밤하늘 아래 병실을 살짝 빠져나와 병원 뒷문으로 나간 나는 찬 기운이 내 몸을 덮는 것조차 느끼지 못했다. 차가운 바람에 정신이 들기는커녕 더 몽롱해지는 가운데, 나는 내 뺨으로 흘러내리는 서늘한 기운이 느껴졌다. 찝찔한 눈물은 내 입 꼬리에 잠시 고이었다 도로 땅을 향해 돌진해 나아갔다. 한참을 하늘을 응시하던 내 눈에는 희미하게 빛을 내는 별 두어 개가 들어왔다. 내 마음처럼 까맣게 타들어간 하늘은 이미 별이라는 희망을 집어삼켜 버렸다. 눈물겹게 힘겨운 모습으로 간간히 빛을 내보이는 별들이 내 눈에 들어왔지만, 물방울 위에 드리운 그림자처럼 내 눈물위에서 별들은 어지러이 춤을 출 뿐이다.

왜 내게 이런 일이 생기는 것인가. 어디서부터 잘못된 것일까. 어째서 나일까. 나는 그저 서서히 다가오는 수능의 압박감을 느끼기 시작하는, 명문고 입학을 최고의 자랑으로 아는 평범한 새내기 고등학생이었다. 여느 고등학생들처럼 특별함을 꿈꾸는 내게, 전혀 반갑지 않은 특별한 일이 일어났다. 더 이상 꿈이라고 하며 외면하기엔 너무 생생하게 다가오는 심장병의 고통. '가끔 가슴이 답답할 때 진즉 병원을 찾았더라면…' 하는 후회는 이미 때늦은 후회일 뿐, 내 눈만 더욱 눈물어리게 할 뿐이었다.

아이들이 와자하게 점심을 먹을 때, 나는 죽음의 압박으로 무거운 공기만이 내려앉은 병실에서 쓸쓸한 점심을 먹어야만 했고, 아이들이 시끌벅적 수다를 떨고 있을 때, 나는 헤드폰을 끼고서 멍하니 병실에 앉아 귀에 들어오지도 않는 요란한 음악을 듣고 있어야만 했고, 아이들이 차츰 다가오는 수능의 압박감을 느낄 때, 나는 차츰 다가오는 죽음의 압박감을 느껴야만 했다. 왜 하필 내게 이런 일이 일어난 것일까.

소금기 가득한 눈물조차 얼 정도로 차가운 날씨에 나는 빽빽이 병원의 이름이 새겨진 얇은 환자복 하나만을 걸치고 차가운 바람을 맞으며 그대로 한참을 서 있었다. 차츰 눈물이 멎고 차가운 바람이 본격적으로 내 피부에 느껴지기 시작할 때, 나는 다시 죽음의 공기로 침묵과 암울함만이 감도는 내 병실로 돌아갔다. 그러나 잠이 오지 않는 것은 매한가지. 다시 나가서 골목을 좀 걷기라도 해야겠다는 심경으로 점퍼를 집어 들었다가, 도로 놓았다. 어차피 죽을 것, 감기에 걸려 좀 더 일찍 죽는다고 무슨 상관인가.

그냥 얇디얇은 환자복 차림으로 나가려다, 결국 다시 점퍼를 집어 들었다. 피식, 기운 빠진 웃음만이 흘러나왔다. 나도 사람이긴 한가보다. 이 구질구질하고 불쌍한 삶마저 조금이라도 더 오래 살고 싶은 마음은 당연한 것일까. 나는 추위에 구차하게 파들파들 떨고 싶지 않았다고 나 자신에게 변명이나 해가며 밖으로 나갔다.

한 10분쯤 걸었을까, 나는 병원 뒷문 근처 골목으로 들어갔다. 여기가 어디인지조차 헷갈렸지만 그게 무슨 상관인가. 곧 좁은 도로 가로 오토바이 하나가 지나가는 게 느껴졌다. 오토바이 특유의 엔진소리가 들려왔지만 시끄럽다기보다는 시원하게 느껴졌다. '부아앙' 하는 소리와 함께 내 아픔을 조금은 가져가는 느낌이랄까. 답답한 마음이 좀 뚫리는 것 같았다. 오토바이는 순식간에 사라졌고 나는 오토바이가 사라진 그 길을 따라 걸어갔다. '오토바이… 배워볼까?'라고 속으로 중얼거리다, 내게는 더 이상 무언가를 할 시간과 체력이 없다는 걸 깨닫고는 허탈한 웃음을 흘렸다.

그런데 왜일까, 분명히 웃고 있는데 눈물이 나는 이유는. 결코 정말 배울 생각은 아닌 빈말이었지만 허탈했다. 내가 더 이상 시간이 없어서 할 수 있는 일이 없다는 것에 눈물은 흘러나왔다. 흔히들 그냥 한번 해보고 지나칠 생각 하나에 나는 울고 있었다. 바보 같다. 오늘은 엄마가 곁에 없어서 그런지 더욱 눈물이 나는 것 같다. 엄마가 있을 때는 엄마를 위해서라도 눈물을 흘리지 않았는데 말이다. 그래도 울 수 있어 좋기도 하다. 슬픔을 도로 게워내는 느낌이 들어서.

눈물을 참는 법은 간단하다. 마치 내 눈이 하나의 유리잔이 된 것처럼 생각하면 된다. 내 눈이 유리잔인 것처럼 쌓인 눈물을 그대로 두는 것이다. 눈을 감아서도 안 되고, 고개를 심하게 돌려서도 안 된다. 그렇게 버티다 엄마가 병실을 나가고 나서 눈물을 떨구면, 그걸로 끝이다.

이런저런 생각을 하며 가던 나는 눈물고인 눈으로 계속 길을 걸어갔다. 그 때, 무언가가 꿈틀 했다. 가느다란 웅얼거림도 들리는 듯했다. 나는 살짝 꿈틀거리는 방향으로 고개를 돌렸고, 더 이상 움직이지 않는 무언가를 발견했다. 무엇인지는 모르겠지만 눈물로 어른거리는 내 눈에는 고양이로 보였다. 나는 눈을 비비고 눈물을 떨궈 낸 뒤 다시 그것을 바라보았다. …어쩌면 나는 그냥 그것이 정말로 고양이라 믿고 싶었던 걸지도 모른다.

chapter 10 에스더라서, 에스더기에, 에스더니까

D+2 오전 11시 반

"윽, 흐윽 으으으읍. 흐으읍. 윽, 윽윽. 흐윽윽윽."

숨을 죽여 운다. 아무도 울지 않는 장례식, 아니 가짜 눈물만 눈에 고인 이 장례식 아닌 장례식에서 나 혼자만이 운다. 저 차가운 바닥에 누워 있을 그녀를 위해, 아프고 또 서럽고 증오로 가득한 채 죽었을 그녀를 위해, 내가 대신 운다. 얼마나 아팠을까. 얼마나 섧었을까. 그 여린 몸에. 여리고 작은 몸에 다칠 곳이 어디 있다고 저리 죽었을까.

아버지 하나님. 어찌 저 여린 영혼에게 저리도 무거운 짐을 지워주시나요. 왜 하필 연이었나요. 어째서 연이었나요. 이 아이에게서는 이미 셀 수 없이 많은 것들을 앗아 가셨잖습니까. 왜 목숨마저 가지려 하십니까. 아버지는 저 아이에게서 부모를, 사랑을, 관심을, 애정을, 안전을, 부를, 그리고 마지막으로 영혼까지 앗아가시는군요. 저 아이를 처음 보았을 때 저는 철렁했습니다. 어찌 순수하게 빛나야 할 아이의 눈빛이 저리 차갑게 빛날까. 저리 다가오지 말라는 듯 상처 입은 짐승 같은 표정을 지을까. 고작 16년밖에 살지 않은 아이의 눈빛은 제 눈보다 성숙했습니다. 아니 세상에 찌들었다 해야 할까요. 제가 16살 때는 저렇지 않았습니다. 그래서… 치유해 주고 싶었습니다. 아이에게 사랑을 주고 사랑받는 기쁨과 사랑 주는 기쁨을 가르치고 싶었습니다. 무슨 일이 있어도 저 아이가 아이답게, 저 나이답게 웃는 모습을 보겠노라 속으로 다짐했습니다. 그러나 아이는 처음부터 저를 패닉으로 몰더군요. 이름이 없답니다, 이름이. 그 아이의 나름대로 냉정을 가장한 목소리는 오히려 슬프게만 들렸습니다. 이름을 지어주었습니다. 내 품으로 보듬었습니다. 힘들 때는 주 하나님을 찾으며, 저 아이의 행복을 기도했습니다. 내가 저 아이를 행복하게 만들 수 있게 해 달라 기도하고 또 기도했습니다. 마침내 저 아이가 제게 마음을 열었습니다. 눈물 나게 고마웠고 또 하나님께 감사했습니다. 우스운 이야기를 들으면 웃고, 미소 지을 줄 아는 아이가 되었습니다. 제가 대신 맞아가며 막은 보람이 있도록, 아이는 더 이상 맞지도 않고 이야기 나눌 줄도 아는 아이가 되었습니다. 이 모든 일이 일어난 지 얼마나 되었다고. 그녀를 앗아가시나요. 차라리 저를 데려가시지 그랬습니까. 여태껏 기독교 집안에서 태어나 편하고 밝은 길로만 와왔던 제게 그런 시련을 주시지 그러셨습니까.

저 믿으렵니다. 우리 연이가 너무 예뻐서, 여태까지 고생만 한 것이 안쓰러워서 하나님이 곁에 두시려 데려가신 걸로 믿으렵니다. 아버지, 부디 우리 연이를 잘 돌보아 주시고 어여삐 여기시어 곁에 가까이 두어 주시옵소서, 간절히 바라오며 예수 그리스도 이름으로 기도 드리옵나이다, 아멘.

서서히 눈물은 멎어가지만 아직 용서할 수 없다. 이 불쌍한 자를 죽음으로 인도한 자를 용서할 수 없다. 용서조차 빌지 않고 어딘가에서 웃고 있을 그 작자를 용서할 수 없다. 찾겠다. 더 이상 하나님 아버지의 뒤에 숨어 모든 것을, 벌하기만을 기다리지는 않겠다. 믿음이라는 이름으로 그늘에 숨지 않고 에스더처럼 믿음으로써 선을 행하겠다. 나는 에스더니까.

눈물을 삼키며 속으로 우격다짐하는 그녀를 보며 주은은 심장이 내려앉는 듯했다. 그 둘 사이에서의 갈등을, 사신 각운은 특유의 종잡을 수 없는 표정으로 피식거리며 바라보고 있었다.

chapter 11 죄책감과 돈의 관계

문득 그 날이 떠오른다.
[어, 주은아. 무슨 일이야?]
"오빠, 그러니까…."
도저히 용기가 없었다. 말할 수 없었다. 누군가에게 내 치부를 드러낸 듯 콕콕 거리는 마음 때문에 울었다. 울어버렸다. 울기 시작하면 도저히 눈물을 멈출 수 없을 것 같아서 울지 않으려 했는데, 울어버렸다.
[너, 지금 그게 무슨…, 아니다. 나 지금 가니까, 꼼짝 말고 기다려라. 끊는다.]
무슨 말을 하려던 매니저 오빠는 내가 패닉 상태라는 것을 깨달은 듯, 당장 오겠고만 했다. 더듬더듬 이곳의 위치를 말하고 전화를 끊은 나는 그곳에서 꼼짝 않고 기다렸다. 아니, 단 한 발짝도 움직일 수 없었다. 두려움에 발걸음은 얼어붙은 채였다.
마치 실성한 여자처럼 그곳에 서서 동동 발을 구르며 울고 있는 내 모습에서 TV화면 속의 화려한 모습은 찾아볼 수 없었다. 그렇게 어미를 기다리는 아기 새처럼, 몸을 떨며 추하게 한참을 울고 있을 때, 갑자기 발소리가 들려왔다. 매니저라면 아마 차를 타고 올 것이다. 매니저 오빠가 아니다. 아드레날린이 과하게 분비되면서 머리는 순간 팽팽 돌아가기 시작했고, 숨은 가빠

왔다. 내 아래 쓰러져 피를 흘리고 있는 저 소녀는 아무리 봐도 시신처럼 보이지만, 아직 죽지는 않은 듯, 힘겹게 숨을 내쉬고 있었다. 1분이 한 시간 같고, 1초가 하루 같기만 한 지금, 내 앞의 소녀는 죽기 직전, 발소리는 다가오고, 급한 마음에 다시 스쿠터를 타고 달렸다. 피를 잔뜩 매단 스쿠터는, 그 저주받을 스쿠터는, 나를 싣고 담벼락 너머로 나를 날랐다. 몸을 숨기고 살짝 고개를 내밀어 그 저주받을 장소를 바라보았다. 발소리의 주인은 한 소년인 듯했는데, 환자복을 입고 있는 걸로 보아 어디가 아픈 듯했다. 아드레날린이 분출하고 있어서인지, 모든 것이 이상하리만치 또렷하게 기억이 난다. 모든 감각은 소년의 행동 하나하나에 몰입되어 있었다. 소년은 계속해서 길을 가다, 갑자기 멈추어 섰다.

제발… 제발…. 제발이라 외쳐대는 나의 간절한 기도는 결국 신에게 닿지 않은 듯했다. 소년은 소녀가 있는 쪽을 향해 돌아보았다. 나는 심장이 내려앉는 듯했다. 아니, 멈추어버린 듯, 곧 터질 것처럼, 튀어나올 것처럼 뛰어대는 심장이었다. 도저히 심장을 진정시킬 수가 없었다. 소년이 멈추어 선 시점이 그 소녀가 움찔한 시점과 기가 막히도록 일치해서.

매니저가 오려면 5분은 족히 남았고, 만약 소년이 지금 신고를 한다면, 모든 게 위태롭다. 나의 모든 것들은 끝이다. 그러나 소년은 눈을 몇 번 비비더니 눈물을 떨구어 냈다. 울고 있었던 모양이다. 아직은 소녀를 보지 못했다. 가망이 있다. 적어도 아직은. 아니, 그렇다 믿고 싶다. 눈을 비벼 눈물을 떨구어 내고 나서야 앞의 물체가 선명하게 보이는지 와락 눈이 커진 소년은 한참을 그렇게 떨리는 눈빛으로 이리저리 소녀를 탐색하다, 소녀의 입술이 파르르, 떨리자, 다짜고짜 차디 찬 바닥에 무릎을 대고 앉아 소녀를 이리저리 살피며 모습을 확인했다. 소년은 몇 번이고 숨을 쉬는지 확인하고 또 확인하더니 비틀댔다. 그러고는 주머니에서 휴대폰을 꺼내 들었다. 안 돼, 안 돼, 안 돼. 제발, 안 돼. 나의 이 소리 없는 외침이 전해 졌는지, 아니면 운명의 장난일지, 소년은 도로 휴대 전화를 집어넣었고, 비틀대며 더욱 흔들리는 눈을 하고서 돌아서서 도로 뛰어가 버렸다. 넘어질 듯 비틀댔지만, 계속해서 그는 달려갔다. 순간 나는 그 소년이 돌아가서 신고를 할지도 모른다는 생각이 들었다. 다시 한 번, 피가 역류하는 듯했다. 그럴 수는 없다. 그래서는 안 된다. 이런 내가 이기적이라 해도 어쩔 수 없다. 내가 추하다 해도, 내가 무섭다 해도, 그래도 어쩔 수 없다. 결코 내가 용의자가 되는 그런 상황이 벌어져서는 안된다.

곧 매니저는 도착했고, 그는 이 사건을 수습했으며, 소녀는 뺑소니로 밝혀졌지만, 그 어떤 경찰도 최선을 다해 이 일을 해결하려 하지 않았다. 매니저는 가짜 뺑소니 범인도 만들 필요조차 없었다. 그녀의 시신은 뼛가루가 되어 강에 뿌려졌고, 장례식 같지도 않은 장례식이 연출되었다. 동정으로 내게서 더 많은 기부금을 얻어 내려는 원장의 노력은 연기자를 권해주고플 정도였다. 나는 죄책감을 돈으로 막으려 노력했고, 그 덕에 원장만 굿보고 떡 먹고, 한 셈이었다.

'나＋죄책감＝죄인'이라는 식에서 죄책감을 덜어내기 위해 양변에 돈이라는 음수를 더하면 만들어지는 식, '나＋죄책감＋(−돈)＝죄인(−돈).' '나＝일반인'이라는 식이 뼈에 사무치는 순간이었다.

chapter 12 하등생물

D-day 9시 10분

결국 김윤주로 일주일을 살게 된 내가 온 곳은 내 아들 우진이가 입원한 병원. 방금 들어왔지만, 우진이란 아이는 아직 들어오지 않은 것 같다. 김윤주의 몸에 들어오면서 김윤주의 기억을 모두 갖게 되어서 그런지, 왠지 나보다도 나이가 많은 그 아이가 내 아들처럼 느껴진다. 말도 안 돼.

내가 죽은 지 30분밖에 되지 않았다는 게, 실감나지 않는다. 죽은 지 30분만에 내가 멀쩡히 걸어 들어와 병실에 앉아 있다니. 것도 나아닌 다른 사람으로. 잠깐 아무도 없는 틈을 타, 새하얗고 삭막한 병실에 혼자 앉아 내가 김윤주로 환생하던 방금 전의 상황을 회상했다.

'이 무슨 개 풀 뜯어먹는 소리란 말인가. 뭐? 나더러 다른 사람의 인생을 대신 살라고?'

"누가 영원토록 만수무강 김윤주로 살아달라고 했나. 그냥 일주일. 일주일만 김윤주로 살아라."

"…하. 지금 어감이 조금 이상한데요, 각운?"

"사신님. 사신님이라고 불러라."

"아, 예— 사신님. 그런데 지금 하는 어조, 명령조네요. 지금은 부탁하는 어조여야 하는 것 아닌가요?"

"어차피 너는 내가 시키는 대로 할 테니까. 안 그런가? 어떤 노력도 없이 적멸의 상태, 깨달음의 경지에 이르게 해준다는데, 그것도 일주일 다른 사람으로 살다가 죽으면. 이 조건을 누가 마다하겠어? 게다가, 우리는 너 같은 존재에게는 부탁하지 않는다."

이때 톡 끼어드는 날카로운 목소리의 미리암이라는 여자.

"당연히 넌 이 일을 해야만 해. 이 일은 하늘축이 돌아가고 천체가 운동하며 생명력이 솟아나는 것과 같은 자연스러운 것. 너는 자연의 순환을 위해, 이 일을 해야 한다. 부자연스러움을 눈가림하기 위해서. 역시 떨어지는 존재라 그런지 이해가 느리군."

순간 울컥했다. '떨어지는 존재? 너 같은 존재? 내가 뭐 어때서. 내가 고아라서, 맞고 살아서 그런 거야? 나는 이곳에서조차 천대 받아야 하는 건가. 내가 뭘 잘못했기에. 내가 원해서 고아로 태어났어? 내가 원해서 맞았어? 도대체 내가 뭘 잘못했기에 나를 천대해?'

각운은 또 다시 내 머릿속에 끼어들었다.

"미안하지만 네 잘못이다. 네게 주어지는 모든 자연적 환경은 전생의 업. 네가 고아인 것도, 구타당하는 것도. 모두 네가 전생에 저지른 죄 때문. 그리고 네가 떨어지는 존재인 건 다른 이유에서다. 다른 인간들도 마찬가지이지. 네가 인간이기에, 인간이라서 떨어지는 거다."

"뭐, 뭐라고요? 그러는 당신들은. 당신 사신들은 뭐가 그리도 잘났죠? 왜 우리를 천대하는 건데요?"

"우리는 깨달음을 얻었으니까. 우리는 너희 인간들이 이르지 못한 경지에 이르렀지. 그래서 너희가 떨어지는 존재라는 거다. 너희는 우리 사신보다 하등생물이거든."

차가운 표정, 무뚝뚝한 표정, 그리고 냉소 띈 표정으로 그들이 말한다. 역겹다. 인간의 껍데기를 한 주제에 사신이면 다인가?

"우습네요."

"하, 뭐?"

그 미리암이라는 사신이 발끈한다.

"우습다고요. 당신들 모습, 우습다고요. 그리고 그거 알아요? 그래봤자 당신들도 한때 인간이었어요. 지금은 인간이라 불릴 가치도 없는 거만에 찬 추악한 존재들이지만. 하등생물이란 없어요. 우리가 왜 하등생물이라 불려야 하죠? 당신들 눈에는 우리가 하등생물일 수도 있겠죠. 그런데 누가 알아요? 당신들도 혹 또 다른 더 높은 사신들의 장난감이었을지. 당신들도 누군가의 하등생물이었을지 어떻게 아냐고요. 이 모든 게 또 가장 높은 자의 소꿉장난이었을지, 또 그보다 더 높은 자의 손장난이었을지, 어찌 아냐고요.

우리는 그 누군가의 장난일지도 모르는 삶을 하루하루 진지하게 살아가요. 웃고 울고 희로애락을 느끼며 매 순간 살아 있다는 것에 감사하고, 또 아주 가끔은 살아 있다는 것을 저주하며 살아간다고요. 그런데 당신들은 '그 모든 것이 계획된 프로그램이며, 너희는 우리 밥이야-' 라고 말하고 있어요. 당신들이 과연 그럴 만한 권리가 있을까요?

후-. 어쨌거나, 좋아요. 그 명령조 부탁, 받아들이죠. 하지만 깨달음의 경지가 아닌 다른 보상을 바라요. 그건 보상이 아닌 저주니까. 받아들인다고 약속하면 그 명령조 부탁을 따르겠어요."

　비록 미리암이라는 여자는 금방이라도 나를 칼로 찌르기라도 할 듯이 나를 쏘아보며 덤벼들었지만, 미리암이라는 여자보다 좀 더(사실은 좀 많이) 이성적인 각운은 그녀를 막으며 내게 말했다.

　"앞뒤 내용은 다 자르고 필요한 부분만 듣지. 그럼 우리의 명을 받아들인 건가? 그럼… 그 보상이란 것, 말해 보게."

　"좋아요. 내가 바라는 보상은…

　드르륵— 문소리에 화들짝 놀라는 바보 같은 나다. 문이 열리고 우진이가 고개를 푹 숙인 채 들어온다. 어디서 많이 본 것 같지만, 뭐, 어디서 봤을 리가 있는가? 내가 아는 사람은 수녀들과 원장, 그리고 사랑의 집 아이들 뿐이다. 저 아이가 그중 어느 집단에 속한다는 것은 불가능한 일이다. 그가 들어오자 나, 이 연은 가만히 있으려 했지만 김윤주는 벌떡 일어나 우진이에게 다가가 이리저리 살피며,

　"아들, 어디 갔다 왔어? 왜 이렇게 기운이 없어 보여. 어디 아파? 의사선생님 불러줄까?"

　조용한 목소리로 됐다고 말하더니 고개를 푹 숙인 채로 병실 침대에 걸터 앉는 그. 내가 다시 조용히,

　"아들—?"
하고 부드럽게 부르자 아무 말 없이 고개를 스윽 드는 그를 보며 나는 비로소 왜 내 김윤주로서의 운명을 예측하던 사신들이 나를 보고 미소를 띠우는 것 같았는지 알 수 있었다. 이 무슨 운명의 장난인가.

　그는 내가 증오해 마지 않았던, 잠시나마 구세주라고 착각했던 그, 바로 그였다.

chapter 13 피비린내에 대한 고찰

역겹다. 초등학교 5학년 때 즈음 엄마한테서 이런 이야기를 들은 적 있다.

"진아, 혹시 피비린내 맡아본 적 있어?"

"에엑? 피비린내?"

내 반응이 꽤나 재미있었는지, 엄마는 슬쩍 미소를 그리더니,

"옛날에 말이야, 엄마가 어렸을 때 살던 집에는 돼지우리가 집 마당에 있었거든? 그런데 가끔 명절 때 요리를 위해서 키우던 돼지를 잡을 때가 있었어. 그럴 때, 어른들 몇 분이 가셔서 돼지를 붙잡고 죽이는데, 아이들이 보면 안 좋다고 부러 아이들은 집에 넣어놓고 어른들끼리 뒷마당에서 잡았어. 그런데 잡을 때마다 그 비명소리가 막 울리는데, 돼지 멱따는 소리라는 말 알지? 정말 딱 그랬어. 정말 처절하게 우는데, 소름이 쫙 돋더라니까? 전에 구제역 때, 왜, 지옥의 소리 그러면서 돼지들 비명소리 녹음된 파일이 떠돌았잖아.

그리고 요리 하려고 돼지를 부엌으로 데려가면 뒷마당에 피비린내가 진동을 하는데, 왜 맡아본 적 없어도 이게 무슨 냄새인지 금방 알 수 있는 냄새도 있잖아? 딱 그런 냄새가 났어. 비릿하면서도 역한 냄새. 맡아본 사람만 알 걸."

엄마, 나 이젠 알 것 같아. 무슨 냄새인지. 왜냐하면… 내가 지금 맡고 있거든. 정말 역겹다. 꼭 고무인형 같다. 바람 빠진 고무인형. 한때는 생기 있게 빛났을 눈은 미처 감기지도 못한 채 초점 없이 부릅뜨고 있었고, 살짝 빛바랜 진한 하늘 빛 티셔츠와 청색의 청바지는 더 이상 원래의 색이 아닌 붉은 빛으로 물들고 물들어 검게까지 보였다. 심지어 다리 한쪽은 아예 없었다. 검은 머리는 와인 빛을 띠었고 선명한 바퀴자국은 안 그래도 처참했던 그녀의 몸뚱이를 더욱 고무인형처럼 보이게 했다. 아마 살려달라고 불렀겠지. 구해달

라고 외쳤겠지. 하다못해 유언이라도 남기려 했겠지. 이 소녀는 몰랐겠지, 죽는다는 것이 이렇게 쉬울지. 나도 몰랐으니. 죽음이란 건 이리도 쉽게 간다.

나도… 저렇게 되는 건가? 그런 건가? 저렇게 고통에 몸부림치다 서서히 나를 잠식해 오는 죽음을 느끼며 하나의 고무인형으로 남아 썩어가는 건가? 모두가 울고 모두가 슬퍼하며 모두가 침묵으로 일관할 테지만, 모두 잊겠지. 모두가 나를 잊겠지. 엄마만이 마지막까지 나를 지키다 결국은 떠나가겠지. 이게 죽음이다. 하나의 고무인형으로 남아 가버리는 것. 나도 그들 중 하나이고.

께름칙한 장면과 내 아킬레스건은 서로 결합하며 나의 머리를 둔기로 내리치는 듯한 느낌을 선사했다. 내 아킬레스건. 심장병, 그리고 죽음. 내가 여태 생각했던 가장 끔찍했던 일, 죽음이 내 눈앞에서 벌어지자 나는 제정신이 아니었다. 그 누가 제정신일 수 있을까. 사람이 눈앞에서 죽었고, 난 아무 것도 할 수 없었다. 완전히 정신이 나가 있는 패닉 상태. 그래서… 어떻게 병원으로 돌아왔는지 기억이 나지 않는다.

나는 어느 샌가 울고 있었고, 지금 병실에 들어서면 엄마가 무슨 일인지 쪼르르 달려와 이것저것 물을 것이다. 엄마에게 상처주고 싶지는 않다. 화장실에 들러 얼굴을 깨끗이 씻고 다시 병실로 들어섰다. 그러나 이런 내 노력이 무색하게, 나는 다시 울고 말았다. 그나마 다행인 건, 엄마가 모른 척, 이만 자자고 했다는 것이다. 미안한 말이지만, 엄마한테는 고맙다. 오늘은 너무 지쳐서 이만 쉬고 싶었기에. 너무 큰 사건을 겪어 버렸기에. 비록 엄마가 오늘 따라 좀 이상하기는 하지만 말이다.

어쩌면, 엄마는 정을 떼려는 중일지도 모른다. 덜 아프고 덜 고통스럽고 덜 상처받으려고. 그래서 정 떼는 중인가보다. 그리고 이런 나, 많이 이기적인가보다. 엄마가 끝까지 나를 붙잡고 있었으면 하니까. 비록 엄마가 많이 슬퍼하더라도, 고통스럽더라도, 내 마지막 까지 날 지켜주었으면 좋겠으니까.

혼자 쓸쓸하게 그 누구도 기억해 주지 못하는 아까 그 소녀 같은 죽음은 맞이하고 싶지 않아서. 서서히 다가오는 죽음의 그림자 속에 좀 더 당당히 대응하고 싶어서. 아니, 실은 무서워서. 그 누구도 기억해 주지 못하는 죽음이 너무도 두려워서.

먼저 가게 되서 미안. 사랑해, 엄마. 많이 미안하고 사랑해.
미안, 엄마.
그 누구보다 미안하고 사랑해.
다음 생에는… 내가 엄마 엄마로 태어날게.
미안하고 사랑해.

chapter 14 추적과 무능력함 사이

D+2 오후 4시

눈물로 부을 만큼 부은 눈, 세수도 지우지 못한 검은 눈물 자국 몇 가닥은 지금 내 마음을 충분히 대변해 주었다. 비록 한 달 반 남짓한 짧은 만남이었지만 내게는 특별한 존재였기에 너무나도 쇼킹했다. 겨우 아이들까지 총 스무 명이 간신히 넘는 인원으로 치른 단출하고도 단출한 연이의 장례식은 차마 장례식이라 부르기도 민망한 수준이었고, 눈물이 흘러내리는 사람 역시 나뿐이었다. 주은 씨의 얼굴은 연이의 죽음으로 인한 충격에서인지 눈물도 흘릴 수 없는 듯했다.

비록 두어 시간 내내 울기는 했지만 나는 간신히 마음을 추스르고 연이의 죽음을 밝히기로 결심, 주은 씨를 데리고 경찰서로 향했다. 이미 이틀 전 뺑소니로 신고되어 있는 사건이기에 나는 여느 드라마에서 보던 것처럼 다양

한 조사가 진행되고 있고, 또한 뺑소니 범인을 얼추 찾았을 것이라 짐작했다. 그 범인을 만나면 연이가 아팠던 만큼은 아니겠지만 꼭 온힘을 다해 때려 주리라 결심하며, 진즉에 운동으로 힘을 길러놓지 않은 것을 아쉬워하며 결의에 찬 얼굴로 경찰서 문을 열었다.

그리고 경찰서의 문은 나같이 경찰을 절대적으로 신뢰하는 소시민에게는 판도라의 상자요, 대재앙의 씨앗이었다. 그곳의 문은 당연히 내게는 천국의 문인 양 신성해 보였고, 미지의 세계나 다름없었다. 연이를 생각하며 부푼 기대를 안고 들어간 그곳에서 나는 당당하게… 뒤돌아 나갔다.

지은 죄가 없어도 왠지 들어가기 꺼려지는 곳, 또 왠지 어색하고 낯선 곳. 그곳이 경찰서 아닐까. 주은 씨도 그렇게 느끼는지 영 아까부터 표정이 안 좋다. 아무래도 충격이 컸던 모양이다. 주은 씨가 이렇게까지 연이를 위해 주는 줄은 몰랐는데, 새삼 고마워진다.

"주은 씨?"

"아… 네, 네?"

순간 멍해 있던 주은 씨의 눈에 초점이 돌아오며 주은 씨의 목소리는 놀란 듯 평소보다 높고 떨리게 나왔다.

"그냥, 고마워서요."

"고맙다니요?"

"주은 씨랑 그렇게 상관있는 일도 아닐 텐데 너무 힘써주는 것 같아서 고마워요. 그리고 무엇보다도 연이 죽음, 많이 슬퍼해 줘서 고마워요. 연이도… 고마워 할 거예요."

이런저런 이야기를 나누고는 다시 경찰서로 발걸음을 돌렸다. 아니, 어쩌면 일방적인 이야기였을지도 모른다. 밖에 남아 있겠다는 주은 씨는 두고 나 혼자 경찰서로 들어갔다. 그리고 다시 경찰서에서 나왔을 때, 나는 주은 씨를 붙들고 분통을 터뜨리기 시작했다.

"아니, 어떻게 이럴 수가 있어요?"

“왜, 왜…?”

조사 따위는 진행되지 않는다. 연이 같은 부모 없고 신경 쓰는 사람도 없는 아이에게 조사는 진행되지 않는다. 죽으면 죽는 대로, 살면 사는 대로 방치될 뿐이다. 만약 연이가 꽤나 잘사는 집 딸이었다면… 이런 일이 있었을까? 그래서일까. 다른 잘 사는 사람과는 다른 그녀가, 주은 씨가 많이 고맙다.

“주은 씨, 우리 밥 먹으러 가요. 내가 맛있는 집 알아요.“

많이 고맙다.

chapter 15 그들의 유희

D+1 오전 6시 25분

잠이 오지 않는다. 밤새 한숨도 못 잤다. 왜 내 앞에는 이런 일만 일어나는가. 아까 화를 벌컥 내고 싶은 충동을 억누르며 피곤하니 빨리 자자고 말하고는 보조 침대에 누웠다. 이럴 수가. 내가 죽어갈 때 멍하니 보고만 있었던 사람이 내 아들이란다. 아니, 김윤주의 아들이란다. 김윤주의 기억 속에서 나는 아들을 위해 모든 걸 바쳐 헌신하는데, 나는 이 아이를 죽여야 한다. 아니, 죽이고 싶다. 내가 죽어갈 때 나를 무시했던 그 아이에게 내가 느꼈던 기분을 느끼게 해주고 싶다. 그리고 그 아이의 앞에서, 죽어가는 그 아이 앞에서 웃어 주리라. 그래야만 한다. 내가 고통스러웠던 만큼, 내가 느꼈던 배신감만큼 그 업을 업보로 갚게 해줄 것이다. 내가… 업보를 치르도록 만들 것이다. 김윤주의 모성애와 나의 증오가 섞여 우진에게 격한 애증을 느끼며 나는 한참을 뒤척였다.

그리고 그날 밤… 내가 이미 잠자리에 든 줄 알았는지 그가 일어났다. 침대에서 스르르 일어난 그는 내 침대 쪽으로 다가와서는 내 침대에 살짝 걸터 앉았다. 눈을 번쩍 뜨고 싶은 충동을 억누르고 나는 강한 호기심을 느끼며 가만히 누워 있었다. 그가 말했다.

"엄마. 나 오늘 죽어가는 사람을 봤어."

순간 나는 움찔했고, 그는 잠시 나를 살피는 것처럼 보이더니 내가 이미 잠들었다고 확신이 서자 계속해서 이야기했다.

"그 사람이 나보고 살려달라고 가까스로 이야기 했는데, 나는 눈물 때문에 눈앞이 흐려서 그게 뭔지 몰랐어. 그런데, 눈물을 닦고 보니 사람인 거야. 당연히 무진장 놀랐지. 그런데 말이야, 평소에 배운 대로라면, 당장 폰을 들고 신고를 했을 텐데 말이야, 몸이 안 움직이더라? 내가 죽어도 저런 모습으로 죽겠지, 라는 생각이 들어서 몸이 안 움직이더라. 꽤나 예쁜 아이인 것 같았는데, 어려 보였는데, 죽었어. 전혀 예상치 못한 순간에, 죽었어. 무지 고통스러워 보였어. 나도… 그렇게 죽겠지?

미처 도와주지 못해서, 그 사람한테 너무 미안해. 무지무지 미안해. 내가 그 사람을 도와주지 않아서 다른 사람들도 내가 죽을 때 날 도와주지 않을까 봐, 너무 무서워. 죽는다는 게 이렇게 무서운 건가? 미안해, 엄마. 엄마가 또 울까 봐 차마 엄마한테는 못 말하겠더라. 엄마가 울면 내가 더 미안해지잖아. 부모보다 먼저 죽는 게 최고의 불효라는데 말이야. 게다가, 오늘부터 엄마가 나한테 정 떼려는 것 같아. 병원에도 늦게 오고, 말도 별로 안하고. 게다가 마지막 가기 전에 우리 아들이랑 같이 자 보겠다고 늘 내 침대에 올라와서 잤는데 오늘은 보조침대에서 자고. 좋은 생각이야, 엄마. 빨리 정 떼면 내가 죽어도 엄만 덜 슬프겠지? 그런데 엄마, 미안. 나는 엄마가 정 안 뗐으면 좋겠다. 얼마 남지도 않은 내 인생 동안, 마지막이라도 엄마한테 사랑받으며 가고 싶다. 엄마한테 너무한다, 나. 그치? 엄마한테 많이 미안해. 또 사랑해, 엄마. 정말 많이 사랑해."

이런 저런 이야기를 그가 더 했지만 내 귀에 들어온 말들은 이것 뿐이었다.

그의 고통과 슬픔이 내게 너무나 잘 전해져서 슬프다. 예전에 내가 느끼던 외로움과 너무 많이 닮은 감정이라서. 머릿속이 복잡하다.

처음 그들, 사신이라 불리는 이들을 만났을 때, 그들은 긍지와 오만에 가득 차 있었다. 자신들이 최고라 믿었다. 그런 그들의 자존심을 내가 긁었다. 누구나 머리를 조아렸을 그들에게, 내가 반항했다. 그들이 이우진이 내 아들이란 사실을 알고, 내가 그를 증오한다는 것을 알고 슬쩍 웃었던 것도 그것 때문이겠지. 아마 내가 그 사실을 알고 나면 겪을 패닉과 무기력함, 그리고 그곳에서 오는 복종에 희열을 느꼈기 때문이겠지.

모든 건 그들의 장난이다. 우리를 하등으로 여기는 그들. 자신들을 신으로 여기는 그들의 장난. 그들은 신이 아니다. 그러나 인간도 아니다. 신처럼 절대적이지도 않고 인간처럼 인간적인 감정이 존재하지도 않기에 그들은 신도 인간도 아니다. 그 애매한 경계 속에서 그들은 신에게 머리 숙이고 인간들에게 머리 숙임을 받으려 하는 단순한 거만에 찬 우연히 깨달음을 얻은 이들일 뿐이다. 그들의 위에 또 어떤 이들이 있을지, 또 어떤 이들이 그들의 운명과 소멸을 관리할지도 모르는데도 불구하고 그들은 그들이 신의 바로 아래에 있는 신의 사자라 지칭한다. 어쩌면 그들보다 위에 있는 자들이 보기에는 그냥 소꿉장난에 불과한 일일지도 모르는데 말이다. 우리는 그들의 장난에 놀아나며, 짧기에 더 소중한 인생을 절박하게 살아가는 것이다. 천 년씩 살아가는 그들은 모를 것이다. 희로애락을 느끼지 못한다는 것이 얼마나 슬픈 일인지. 천 년의 세월도 감정이 없다면 단순한 기계들의 생보다도 못한 삶일지도 모른다는 것을 그들은 모른다.

우리는 그들의 삶의 이유이다. 그들이 천 년이라는 세월을 무언가를 한다는 자부심으로 보낼 수 있게 해주는 존재들이란 말이다. 행동대장들이다, 그들은. 완장만 채워주고 '너희는 행동대장이다.' 라고 말하면 기쁨과 자부심, 또 오만한 긍지에 가득 차 시키는 대로 일만 하다가 천 년 후에는 폐기 처분되는 인형들. 어쩌면 우리 인간들의 인생이 그들보다 짧은 이유는 그것 때문일지도 모른다. 희로애락이라는 큰 축복을 받아서. 감정 없는 그들이 오래 사는 것과 공평하게 하기 위해서.

그런 그들이 반항한다. 바로 우리로. 주어진 일을 해결한다는 명목으로 잠시나마 잔혹한 기쁨이라는 감정을 느끼게 해주는 일. 감정을 느낀다는 반항. 감정과 장생이라는 두 마리 토끼를 한 번에 잡겠다는 그런 욕심. 그들에게 허락되지 않은 감정이란 것을 느끼기 위해 만들어 낸 유희가 바로 우리다. 우리는 장생할 수 없다. 그러나 감정은 느낄 수 있다. 그들은 감정이 없음으로써 우리보다 못한 존재가 되는 것이다. 어쩌면… 그들은 아주 불쌍한 존재들일지도 모른다.

그래, 우진이 무슨 죄가 있겠는가. 그저 단순히 눈앞에서 죽어가는 사람을 보았다는 충격으로 그런 것인데. 게다가 자신도 곧 죽는다는 사실을 알고 있으니 눈 앞에서 죽어가는 사람을 본건 더욱 큰 충격이었을 것이다. 예전에 에스더 언니가 해준 말이 있다.

'사람을 사랑해. 살아 있음에 기뻐하고, 또 인생을 찬양해. 그게 네가 행복해지는 길이야.'

"사람을 사랑하라…."

그 짧은 한 달이라는 시간 동안 나를 엄청나게 변화시켜준 에스더 언니가 유난히 그리워지는 오늘, 나는 작게 그 말을 읊조렸다.

우진이 잘못한 게 아니다. 그때 우진이 신고했어도 나는 죽었으리라. 내가 증오해야 할 사람은… 바로 그녀. 나를 죽게 했던. 숨 막히게 아름다웠던 그녀. 그녀를 증오해야 한다. 그녀를 죽여야 하고 내가 느낀 감정 그대로를 느끼게 해야 한다.

에스더의 충고는 증오의 화살을 돌려주었지만 그녀의 증오를 막아주지는 못했다. 이때 그녀가 증오를 막지 못했던 것이 그녀가 지금까지의 인생 중 가장 후회되는 일이 되리라는 것은 그때의 그녀로서는 모르는 일이었다.

다음날 우진이 부스스 잠자리에서 일어났고, 그런 그에게 나는,

"아들, 일어났어? 어제는 엄마가 독감 걸려서 같이 못 잤다, 미안. 아유, 요새 독감이 유행이더라고. 너 옮으면 어쩌니? 그러니까 손 자주 씻어, 알았지?"

그래. 이걸로 된 거다. 그가 알게 해서는 안 된다. 내가 그 죽은 아이라는 것, 알려서는 안 된다. 그가 행복했으면 하는 바람이다. 어쩌면 나는 나도 모르게 김윤주에게 물들어 가는 걸지도 모른다. 처음으로… 당분간 김윤주로 사는 것도 괜찮다는 생각이 들었다.

chapter 16 공포는 목을 조여 온다

D+3 밤 11시

나는 아주 어렸을 때부터 공포영화를 좋아했다. 다른 아이들과는 달리 딱히 무서움도 없었다. 지금은 청순가련한 이미지 때문에 무서운 걸 보고 비명을 지르는 등 갖은 연기를 해야 하지만, 역시 무섭지 않은 건 매한가지였다. 그러나 그런 내가 공포를 느낀다. 날마다 차츰 다가오는 듯한 고통과 공포를 느끼며, 짓누르는 듯한 공기를 온몸으로 느끼며 나는 오늘도 잠들지 못한다. 꿈에서 자꾸 그 아이가 나와서, 나를 보고 울고 있어서 도저히 잠들 수 없다.

사람을 죽였다는 충격 이후 찾아오는 것은 놀라움이었다. 사람을 죽였는데, 매니저와 사장은 입 닫고 있으라고 한다. 당분간 아파서 활동하지 못하는 걸로 해둘 테니 집에서 마음을 추스르고 다시 활동하라 한다. 그 아이는 뺑소니사로 분류되었지만 절실하게 그 아이를 찾는 가족이 없기에 그녀의 사건은 그냥 있으나마나한 사건이다. 그 아이의 이름이 이연이라는 것은 장례식

에서 알게 된 것이다. 비록 에스더와 친해지기 위해 연이와 예전부터 친한 척해 왔지만 그리 좋아하는 아이는 아니었다. 그래서 이름도 잘 기억하지 못했다. 고아라는 이유로, 그녀는 사람으로서 가장 기본적으로 필요했던 사랑을 받지 못했고, 또 이렇게 뺑소니 사건을 무참히 묻히게 만들었다. 어쩌면 내게는 고마운 일일지도 모른다.

어제는 경찰서에 갔다 왔고, 오늘은 스쿠터가 있는 집을 전부 에스더가 조사했다. 이미 스쿠터를 감추었기에 별 문제는 없었지만 가슴을 콕콕 찌르는 듯한 통증은 어떻게 할 수 없다.

'지금 밝힌다면 일은 더 커진다. 에스더는 더 실망하고, 더 상처받고, 어쩌면 심지어는 마음의 문을 닫아 버릴 것이다. 이게 그녀를 위한 최선의 방법이다. 그래, 그렇다.' 그러나 이런 자기 합리화도 나를 위안해 주지는 못한다. 공포라는 것이 이렇게 사람을 숨 막히게 하는 것인지 깨달은 오늘, 나는 역시나 잠에 들지 못한다. 이 사건은 내게는 악마의 저주받을 사건이나 다름없다. 이 악의 구렁텅이에서 벗어나려 발버둥쳐 봤자 제자리다.

어렸을 때, 개미귀신을 키운 적이 있었다. 개미귀신은 명주잠자리의 유충인데, 개미를 먹고 산다. 그런데 이 개미귀신의 사냥법은 상당히 독특하다. 개미귀신의 둥지인 개미지옥을 만들어 사냥하는 것이다. 이 개미지옥은 절구 모양인데, 모래밭에다 만들어 그 모래 밑에 숨어 있다가 개미지옥으로 미끄러져 떨어지는 개미나 작은 곤충들을 잡아먹는 것이다. 그래서 어릴 때 개미귀신 집에다 개미를 잡아다 넣어주곤 했다. 내가 지금 이 개미가 된 기분이다. 운명이라는 개미귀신에 걸리고 죄책감이라는 개미지옥에 갇힌 개미. 아마 곧 운명이라는 개미귀신에게 잡아먹히겠지. 그래도 살겠다고, 운명에서 벗어나겠다고 발버둥치는 내 모습은 개미와 아주 묘하게도 닮아 있었다.

 풀수록 고인다

D+4 오전 10시 반

오늘 이모가 왔다. 사남매 중 맏이인 윤숙이 이모는 지금 고아원을 하고 있는 무진장 친절한 이모다. 아이가 없는데다 아직 미혼이어서 나를 굉장히 귀여워해 준다. 아마 고아원 아이들에게도 친절하게 해줄 것이다. 아이들도 이모를 좋아하겠지. 이모는 엄청 친절하니까.

맙소사. 그녀가 왔다. 김윤주의 기억이 그녀가 자신의 언니라고 속삭인다. 저 극악무도한 여자가 나, 아니 김윤주의 언니라고? 고아원 원장. 가식으로 똘똘 뭉친 여자. 나를 그렇게나 때리고도 당당하게 욕지거리를 내뱉었던 여자. 그 여자가 김윤주의 언니다. 하필이면. 그들의 유희는 도가 지나치다. 내가 뭘 잘못했기에 내게 이러는 것일까. 신이 정말로 있다면… 이럴 수는 없다.

"이모오!"

"우진아!"

풀썩. 이모가 다가와 나를 꽉 끌어안는다. 이모는 여전히 통통하다. 인심 좋게 웃는 얼굴도, 웃을 때 폭 감기는 눈도, 모두 그대로다. 이모가 와서인지 마음이 좀 더 편안하다. 어렸을 때부터 엄마가 바빠서 엄마 대신 이모가 날 키워줬는데, 그래서인지 가끔은 엄마보다 이모가 더 편할 때가 있다. 비록 잔소리는 많지만 내게는 너무나도 고맙고 소중한 사람이다.

하. 저 여자가 저런 표정도 지을 줄 알았나? 문득 생각해 본다. 저 여자는 단 한 번도 사랑의 집에서 저런 표정을 지은 적이 없다. 단 한번도. 그래, 너에게는 가족이 우선이란 거지? 그럼 우리는? 우리 사랑의 집 아이들은? 사랑 한 번 제대로 받은 적 없어서 이렇게 크는 게 당연한 줄 알고, 안 맞으면 그날을 운 좋은 날이라 칭하고, 밥 먹을 때는 나이 많은 아이들에게 밥을 뺏겨서

어린아이들은 굶기도 하고, 맨날 기도만 하고 제대로 하는 일이라고는 눈꼽만큼도 없는 수녀들에게 둘러싸여 유일하게 아이들을 챙겨주는 에스더 언니덕에 간신히 사랑이라는 걸 느끼고 자라는, 그러고도 자기들을 거두어 주었다는 이유로 감사히 여겨야 한다는 그 말을 믿고 당신만 보고 사는 우리 사랑의 집 아이들은? 그 아이들은 그냥 동정심 유발용이자 기부금을 벌어다 주는수단인가? 순간 분개한 나는 더 이상 그 모습을 보고 있을 수 없어 화장실을가는 척하며 밖으로 나온다. 용서하려 했던 우진도 미워지기 시작한다. 그런데 왜일까. 그렇게 싫어하는 그녀인데도 두려운 이유는. 언니가 옆에 없으니많이 두렵다. '에스더 언니, 내가 용기를 낼 수 있도록 도와줘요….' 징글징글한 그 여자의 얼굴을 지우려는 듯이 세차게 세수를 했다.

엄마가 이상하다. 평소 나를 키워줬다면서 이모만 오면 많이 반가워했던엄마였는데. 오늘은 인사도 하지 않고 화장실에 갔다. 많이 급했나? 그래도석연찮은 감정은 어찌 할 수 없다. 뭔가 있다는 느낌이 강하게 든다. 뭐지?

낭당하게 병실로 들어간다. 그래, 나는 지금만큼은 김윤주인 거야, 이연이아니라 김윤주.
"어머, 언니! 왜 이렇게 오랜만이야. 자주 온다더니 이사 가고 나서는 연락도 뜸하고. 내가 얼마나 서운했는데."
그래. 나는 김윤주야.

점심을 먹고 이모는 오늘 급한 일이 있다며 집으로 갔다. 엄마는 평소처럼이모를 많이 반가워했고, 아까 그 석연찮은 느낌은 단지 그냥 기분 탓이라 여기고 제쳐버렸다. 그래, 기분 탓인 거다. 아마 그런 것일 거다. 그리고 그날밤, 늦게까지 잠들지 못했던 우진은 최악의 사태를 내고 말았다. 모든 일을뒤집어버릴 큰 사건을.

 스러지고 쓰러지고

D+5 오전 9시

잠시나마 바람을 쐬고 싶어 밖으로 나왔다. 예전 같으면 스쿠터를 타면서 마음을 진정시켰을 텐데, 이제는 스쿠터가 두렵다. 다음에는 누구를 칠지 알 수 없어서. 그런데 유난히도 스쿠터가 그립다. 그냥… 딴 생각 하지 않으면서 타면 괜찮지 않을까? 살짝만 타면.

결국 나는 스쿠터에 올라타 있었고, 이왕 타는 김에 학교에 리포트를 제출하러 가기로 했다. 신기하다. 사람을 죽였는데도 시간은 멀쩡히 흘러가고 내가 해야 할 일은 그대로이다. 시간은 이연을 잊어가고 나를 재촉한다. 산 사람은 살아야 한다는 감언이설로 나를 꼬여낸 시간은 나를 일상으로 돌아가게 했다. 잡생각을 몰아내고 스쿠터를 몰고 학교로 향했다.

학교 정문에서 1,2분 정도 거리의 빈 공터. 스쿠터를 세워놓고 주위를 둘러보며 사람이 있는지 살펴보고는 헬멧을 벗었다. 그리고 리포트를 들고 건물 안으로 들어갔다. 이윽고 교수님이 계시는 사무실에 다다랐다. 두어 번 노크를 하고 '들어와요.' 라는 소리가 들리자 나는 심호흡을 한번 하고 사무실 문을 열었다.

깐까니스트. 깐까니스트는 이형욱 교수를 아주 잘 대변해 주는 말이다. 무진장 깐깐하고 예리하다. 그러나 칭찬은 없다. 심호흡의 이유랄까. 마음을 가다듬고 사무실에 들어서서 리포트를 제출하고 재빨리 뒤돌아 나간다. 이곳은 사람이 있을 곳이 아니다. 이곳은 사람을 숨 막히게 하고 목을 옥죄인다. 문을 닫고 나가려는 순간, 그 갑갑한 곳 안이 벨소리로 가득차고 순간 내 휴대폰으로 여기고 휴대폰을 급하게 찾았다. 그러나 그 휴대폰은 깐까니스트의 것. 무안해진 나는 곧장 문을 열고 밖으로 나갔다. 그나마 다행인 건 깐까니스트가 휴대폰을 찾느라 나의 이 웃지 못 할 행동을 보지 못했다는 것이다. 밖으로 나오니 숨통이 트인다. 비록 죄의 무게는 그대로지만 바람을 쐬는 사이, 그 악마의 저주받을 사건을 조금은 잊어버린 것 같다. 그러나 곧 다시 생각나겠지. 곧 다시 우울해지겠지. 아마 이게 내가 영원히 지고 가야 할 살인에 대한 죗값일 것이다. 한 사람의 생명을 앗아간 것에 대면 약하지만, 나는 괴롭다. 차라리 죽는 것이 나을 만큼. 내가 자살할 수 있을 만큼 용감하지 않아서 다행이다. 만약 그랬다면 나는 이미 이 세상에 없을 테니.

그때 깐까니스트가 사무실에서 달려 나온다. 정말이지 저런 모습은 처음 본다. 지금까지 늘 침착한 모습만 보여주었기에 더욱 놀랍다. 그런 그가 내 어깨를 붙잡고 묻는다.

"자, 자네, 혹시 지금 자동차 있나?"

결국 지금 그를 내 뒤에 태우고 스쿠터를 모는 중. 이 무슨 모양새란 말인가. 여자가 스쿠터를 몰고 그 뒤에 한 양복을 빼입은 아저씨가 타고 있다고 생각해 보라. 이 무슨 우스운 꼴인가.

일은 이렇게 된 것이다. 대충 그의 앞뒤가 맞지 않는 말을 짜 맞추기 해 보니, '아들이 심장병이 있는데, 지금 기절한 상태라 급하게 병원에 가보아야 한다.' 뭐 이런 내용이었다. 빨리 가야 한다. 더 이상 누군가가 내 주변의 누군가가 죽는 꼴은 보고 싶지 않다. 제발… 제발… 살아야 한다. 내 죄책감을 덜기 위해서라도 그 아이는 살아야 한다. 이런 내가 이기적으로 보일 수도 있겠지만, 어쩔 수 없다. 그 아이가 살면서 나는 한 생명을 거두고 또 다른 생명은 구하는 셈이다. 비록 죽인 죄는 너무나도 크지만 조금이라도 죄를 덜 수 있지 않을까? 그리고 단순히 누군가가 죽는다는 것 자체도 싫다. 어쩌면 트라우마가 생겨버린 걸까. 뒤에서 파들파들 떨고 있는 깐까니스트를 보며 나는 '연이가 부모가 있었더라면' 이라는 상상을 해본다.

끔찍하다. 그 덕에 그 상상은 마치 내 등에 애벌레라도 한 마리 기어가는 듯한 느낌을 준다. 선선한 충격과 함께 드는 생각은 미안하다는 것 뿐. 미안해. 미안해. 너무 미안해 내가. 지금까지 내가 힘들다는 생각만 했는데. 죄책감만 느꼈는데. 사실 정말 미안했어야 하는 일에 처벌만 두려워 할 뿐 사과한 마디 못 했네. 미안해. 정말 미안하다. 내가 미안해.

너는 죽는 고통이 얼마나 아픈지 알잖아. 에스더가 아파하는 모습을 보는 걸로도 충분해. 누군가를 죽였다는 죄책감을 느끼는 것도 나 하나면 충분해. 더 이상 다른 사람들이 다치게 하지 마. 그들의 마음을 긁지 마. 그들의 마음 깊숙한 곳까지 칼로 도려내지 마. 단순히 긁혀서 생겨버린 흉은 말끔히 나을 수도 있겠지. 그러나 가족을 잃은 슬픔과 죄책감은 너무 깊은 상처라서 흉터를 만들어 버려. 그러니까… 도와줘, 제발. 그 아이를 데려가지 마. 비록 내가 아는 아이는 아니지만 내게 더 많은 죄책감을 지우려 하지 말아줘. 어깨가 너무 무거워서 더 이상 못 버티겠으니까. 더 무거워지면 나 죗값도 덜 치르고 죽어버릴지도 모르니까, 제발. 내가 아무리 싫어도, 죗값은 치르고 죽어야 하니까, 제발.

그녀의 간절한 기도를 보고 있던 사신의 입 꼬리는 비릿하게 올라갔다. 그리고는 중얼거리기를,

"어쩌지? 그 아이는 어차피 죽어야 하는 운명인데?"

비구름으로 스러져가는 태양 아래 달리고 있는 그녀와 그 교수를 보며 사신, 미리암과 3대 성인은 재미있다는 듯이 웃었다. 스러져가는 태양과 쓰러진 아이. 아주 오묘한 조합이었다.

chapter 19 냉소적인 기쁨

D+4 밤 11시 50분

밤 12시를 알리는 휴대폰 시계의 정시 알림음이 들려온다. 고전적인 시계 종소리 열두 번은 들리지 않는다. 휴대폰 시계에서 앙증맞은 아이의 목소리

가 혀 짧은 소리로 열두 시라고 하는 소리만 들릴 뿐이다.

그녀가 일어난다. 아예 애초부터 잠들어 있지 않았던 것처럼 자연스럽게 일어난다. 아, 이제 슬슬 나가야 하는 건가. 우리, 그러니까 나와 미리암은 떠날 채비를 한다.

"각운?"

"준비되었네."

조용조용하게 나는 대답한 뒤 미리암과 렌을 사의 도시와 인간계를 연결해 주는 통로에 데려다 놓았다. 이곳은 사의 업에서 일하지 않으면 알지 못하는 곳이다. 인간계로 가는 이들은 우리 사의 도시 밖에 없기에.

지금은 이우진의 병실. 이 이동통로를 인간들의 과학으로 생각하면 큰 오산이다. 사의 업에서 일하는 이들은 각자 이동통로를 가지고 있는데, 이는 자신의 몸의 일부라고 봐도 되는 수준이다. 자신의 보물이라 해야 하나? 그래서 보통은 꼭 소중한 보물을 쥔 이처럼 그 누구도 사용할 수 없게, 혼자만 사용하고 다른 이들은 만지지도 못하게 하지만 이번 일은 아노한님이 지시하시니만큼 특별한 경우라서 이들을 태운 것이다. 그러니 당연히 상당히 짜증이 머리 끝까지 솟구칠 수밖에 없다.

"각운?"

"그 호칭 마음에 안 드는군. 사신님이라 불러라."

"이름을 기억해 주는 것도 고마운 줄 알아요."

인간 주제에 이렇게 고집이 센 사람은 처음이다. 항상 우리를 사신님이라 부르며 공손히 신처럼 떠받들었다. 우리가 그들의 운명을 관장하니까. 그러나 이 아이는 다르다. 사신이 되고 싶어 하지도 않았고, 오히려 우리에게 비호의적이다. 머릿속을 읽을 수는 있어도 이해할 수는 없다. 항상 인간들이 우리에게 맞추어주었기에 우리는 인간들에게 맞추어주는 법을 모른다. 그래서 더욱 이 아이와 가까워지기 힘든 것일지도 모른다.

“그래, 일은 잘 진척되고 있나? 한낱 인간에게 맡겨놓은 일인지라 손때기가 불안해서 말이지.”

“미리암, 입 다물어요. 적어도 당신들보다는 잘 하고 있으니까. 그리고 인간에게 일을 맡긴 건 바로 당신들이었어요. 기억 안나요?”

아, 그리고 신경질적인 미리암을 이기는 유일한 사람이기도 하다. 어쩌면 유일한 생명체일지도…

“자, 이만 싸우고, 정확히 어디까지 일이 진척되었는지 묻기로 하지. 오늘 하루 종일 무슨 일이 있었지?”

계속 투덜대며 곧 머리채라도 잡고 싸울 기세인 미리암을 막으며 내가 물었다. 아무래도 렌은 이동통로의 후유증이 덜 풀린 모양이다. 당연하다. 미리암은 원체 몸이 건강하고 자존심도 강해 이동통로 한 번 사용했다고 비틀거릴 리는 없지만 렌은 원래 몸이 약한데다가 몸도 작으니, 저렇게 말없이 가만히 있는 것도 렌 치고는 꽤나 잘 견딘 것이다. 뭐 어쨌거나 그리 심각해 보이지는 않으니 그냥 내버려 두었다.

그런데… 지 인간 아이의 표정이 심상치 않다.

“하, 오늘 하루 무얼 했냐고요? 방금 뭘 했냐고 물었어요? 그것도 당신들 일의 일종인가 보죠?”

“물론. 네 행동에 따라 인간들의 운명이 마구잡이로 변할 수도 있으니까. 네가 어떻게 처신하는가에 따라 우리 일거리가 줄어들기도 하고 늘어나기도 하는 거다, 인간.”

“하, 그럼 막 행동하고 제 정체를 막 까발려야겠네요. 당신들이 얼마나 쓰레기인지에 관해서도!”

“폐기처분되고 싶나. 그런 식으로 막 행동하다가는 당장에 죽이고 소멸시킬 수도 있다. 그나마 네 아들이란 아이가 엄마가 죽은 충격으로 정해진 운명보다 짧게 살까 봐 네게 일주일이란 시간을 준 거다. 어차피 네 아들은 10일 후 죽을 운명이니까. 그리고 우리는 네가 왜 이렇게 화가 났는지 모르겠군.

무슨 일이라도 있었나?"

"있었죠. 것도 아주 큰 일. 당신들 덕분에 말이죠. 당신들 정말 사악해요. 신? 신이라는 이름도 아까워요. 당신들은 신을 자칭하는 악마들이야! 어떻게… 어떻게 한 사람의 운명을 이렇게 꼬아 둘 수가 있죠? 내 죽음을 본 사람은 김윤주의 아들. 날 학대한 사람은 김윤주의 언니. 내가 김윤주고 김윤주가 나. 내 영혼은 난데 몸은 내가 아니죠. 도대체, 왜 나죠? 내가 뭐죠? 난 누구인 거예요?"

그녀의 목소리는 격렬하게 높아져갔고, 자신이 누구냐는 물음에 이르러 드디어 폭발하듯 말을 더욱 격하게 비명 지르듯 쏟아내기 시작했다. 아니, 퍼붓는다고 해야 옳을 것이다.

"내가 증오해 마지않던 사람들을 사랑하는 것처럼 연기하라니. 또 뭘 더. 또 무슨 운명을 더 준비해 둔 거예요? 죽은 사람은 죽은 대로 두는 게 자연의 이치에 맞잖아요! 나한테 원하는 게 뭐예요! 내가 당신들에게 대든 게 그리도 마음에 안 들었나보죠? 이런 식으로 막장으로 향하는 운명을 준비해두다니? 당신들, 자칭 신이라는 작자들에게 대들어서 그러는 건…."

"잠깐."

나는 그녀의 말을 끊고 말했다. 그녀의 무지막지한 분노의 마음이 그대로 내가 읽을 수 있게 되니 머리가 아플 지경이다.

"우리는 네가 뭘 어떻게 느끼든 상관없다. 우리는 사신. 네 운명을 조작할 가치가 있는 자들. 네 운명 뿐 아니라 모든 사람들의 운명을 조작하기 위해 존재하는 자들. 우리가 원하는 정보는 네가 그 김윤주의 몸뚱어리로 엉뚱한 짓을 하지는 않았는가를 묻는 것이다. 아마 별 다른 일은 없었던 것 같군. 그럼 우리는 이만 가지. 네 그 하찮은 신세한탄을 듣고 있어 줄 정도로 하등한 이들이 아니라서 말이다."

날 냉정하다 할 수 없다. 이것이 내 일. 내가 존재하는 이유. 희로애락을 느끼지 못하는 우리가 느낄 수 있는 최대한의 감정, 냉소적인 기쁨. 인간의 운명을 조작하기 위해 태어난 우리의 숙명. 이 인간 아이가 죽으면 모든 것은 정리되리라. 머리가 아파오는 것을 느끼며, 아직도 어지러워하는 렌과 화가 날 대로 난 미리암을 데리고 나는 다시 사의 도시로 돌아갔다.

연, 이연. 그녀는 도무지 이해할 수 없는 인간이다. 특히 그 질문. 자기가 누구냐고? 누구냐고, 누구냐고 물었다. 분명 그녀는 김윤주는 아니다. 김윤주처럼 행동하려면 갖은 노력으로 연기해야 하므로. 그러나 너무나 쉽게 김윤주의 감정에 동화되기도 한다. 그렇다고 이연도 아니다. 그녀의 몸은 김윤주의 것이므로. 사신인 나로서는 한 번도 생각해 보지도, 걱정해 보지도 않은 질문이다. 내가 존재하는 이유와 나의 존재는 너무나도 분명하므로. 나는 사신. 그들의 운명을 관리하기 위해 살아가는 자. 그들에게 몸을 주고 또 환생시킨다. 그리고 나는… 나는…그러니까 내가 누구냐 하면… 모르겠다. 나는 누구지? 나라는 존재를 위해 살아가지 못하는 나는 뭐지?

잠깐 생각하던 나는 이내 머리를 흔든다. 흥, 헛소리. 나는 사신. 그들의 운명을 관리하기 위해 살아가는 자. 나는 그들보다 우위에 있는 자이다. 그깟 하등생물의 말에 흔들릴 필요 없다. 세상의 기준이 우리에게서 돌아가고, 또 우리로 인해 균형 잡힌다. 나를 세상의 질서는 필요로 한다. 그는 한참을 그렇게 머리를 좌우로 흔들고 있었다. 머릿속에서 그 생각들을 완전히 털어버리겠다는 듯이. 완전히 잊을 것처럼.

사람은 사람으로

너는 또 다른 너로

삶이란 돌고 도는 것

네 전생의 업은 네 현생의 업보요

네 현생의 업은 네 다음생의 업보

네 오늘의 행동이 다음생의 너를 좌우한다…

chapter 20 realize, 실감하다, 깨닫다

D+5 새벽 12시. 어쩌면 D+4 밤 12시

"야, 니 머리는 돌이가?"

어느 날, 대구에서 올라와서 지금은 서울대생이라는 영어 과외선생님을 데려온 우리 엄마. '진아, 과외비가 백이다, 백. 백만 원, 그거 적은 돈 아니거든? 엄마가 아는 사람한테 사정, 사정해서 모셔온 선생님이니까 열심히 공부해. 민우도 이 선생님한테 배운다는데, 너 민우한테 지고 싶니? 그러니까 열심히 해. 알았지 아들? 엄마는 우리 아들 믿는다?' 엄마, 그런데 어쩌나요. 이 과외 선생이 저보고 돌이랍디다.

"릴라이즈, 릴라이즈! 야, 내가 니 보고 단어를 백 개를 외우라 카드나, 아니모 이백 개를 외우라 카드나. 딱 쉰 개만 외우라 카는데 와 이걸 몬 외아가 이라노. 것도 중학단어 아이가. 니 나이가 열다섯이다, 열다섯. 열다섯 무가 아직 중학단어 외우고 있으모 내사 우야란 말이고. 니, 이제 진도 팍팍 땡기야 되는데 여태 이거 하나 몬 외우나! 릴라이즈, 실감하다, 깨닫다, 릴라이즈! 쫌 노력이라도 해 봐라, 임마!"

아무리 외워도 외워지지가 않는데 어쩌나요. 제게 뭘 바라시는 건가요. 아무래도 아직 무언가를 깨닫지 못해서 못 외우나 봅니다, 신생님. 결국 이 선생님은 일주일을 가르치더니 얘는 못 가르친다며 손을 놔 버렸고, 그때까지도 '내가 늦게 머리가 튼 것이지, 결코 멍청한 게 아니다'고 믿고 있었던 우리 엄마는 이 사건 이후로 완전히 나를 공부시키길 포기했다.

이 순간 왜 realize라는 단어가 떠오를까. "엄마, 나 이제 깨달았나 보다…. 깨달아서 외워지나 보다." 나는 작게 읊조렸다.

내 눈앞에는 믿을 수 없는 광경이 펼쳐지고 있었다. 검은 옷을 두른 세 사람들과 우리 엄마. 무슨 대화를 하는지는 모르겠지만 말 하나하나에서 무거운, 짓누르는 듯한 공기가 느껴졌다. 그리고 마치 비명이라도 지르듯 잔뜩 격앙된 목소리로 소리치는 우리 엄마. 그저 물 한잔 마시고 싶어 나왔던 나는 왠지 모르게 보면 안 되는 것을 본 마냥 몸을 숨겨야 할 것 같았다. 살짝 자리를 잡고 서서 귀 기울이자 들리는 소리.

"…그나마 네 아들이란 아이가 엄마가 죽은 충격으로 정해진 운명보다 짧게 살까 봐 네게 일주일이란 시간을 준 거다. 어차피 네 아들은 10일 후 죽을 운명이니까…."

"…내 죽음을 본 사람은 김윤주의 아들. 날 학대한 사람은 김윤주의 언니. 내가 김윤주고 김윤주가 나. 내 영혼은 난데 몸은 내가 아니죠…."

무슨 소리? 우리 엄마가 우리 엄마가 아니란 말인가? 그리고, 10일 후 죽어? 내가?

"…죽은 사람은 죽은 대로 두는 게 자연의 이치에 맞잖아요!…"

"…우리는 사신. 네 운명을 조작할 가치가 있는 자들. 네 운명 뿐 아니라 모든 사람들의 운명을 조작하기 위해 존재하는 자들. 우리가 원하는 정보는 네가 그 김윤주의 몸뚱어리로 엉뚱한 짓을 하지는 않았는가를 묻는 것이다."

머리 아픈 소리들 뿐. 사신? 사신이면 저승사자를 말하는 건가, 아니면 명나라 사신, 뭐 이런 걸 말하는 건가? 그러니까 우리 엄마가 죽었다는 소리야, 뭐야? 무엇보다 내가 죽는다는 소리. 그게 제일 마음에 걸린다. 결코 이런 식으로 죽음을 느끼고 싶지는 않았는데. 깨달아 버렸다. 죽음을 실감해 버렸다. 온 몸으로, 온 정신으로 죽음을 느끼는 순간, 모든 것은 멈춰버렸다.

그리고 다시 시간이 흐르기 시작할 때, 내 코는 내 병실 특유의 약 냄새로 포화 상태였다.

"아…."

사의 도시에 도착하고, 내가 관리하는 영혼 중 하나가 생명의 기운이 약해지는 것을 감지했다.

"무슨 일이지?"

미리암에게 묻자 그녀는 늘 그렇듯 비웃는 어조의 목소리로 내게 설명했다.

"이연이라는 그 인간 계집, 그 근처에 있던 김윤주의 아들이 쓰러졌어요. 아마도 우리 이야기를 들은 것 같은데…, 그거 하나 제대로 처리 못해서 이런 일을 만들다니 참, 어리석군요? 허, 참. 내 기가 막혀서. 좀 성의껏 하는 척이라도 해보지 그래요?"

"제기랄! 적어도 제 운명만큼은 살아야지. 다시 김윤주 때의 상황을 되풀이하고 싶지는 않아. 제작파트에 연결하고 생명력 좀 보태라 그러시오!"

머리는 더욱 아파온다.

chapter 21 모두 괜찮을 거야, 아마도…

D+5 오후 1시

보았다, 그를. 내가 그 사건을 일으킨 날 이연의 시신을 목격했던 아이를. 그 소년을. 다시는 볼 일 없을 줄 알았는데. 왜 이렇게 만나게 되는 걸까. 하늘의 벌인 걸까.("우린 아무 짓도 안했는데." 그 광경을 보던 각운은 피식 낮게 웃으며 읊조렸다.) 그럼… 달게 받아야 하는 걸까?

그 소년은 살았다. 죽을 것만 같았던 그 소년은 약간의 쇼크만 받았을 뿐 죽지 않았다. 게다가 아직 시신을 보았다고 아무에게도 이야기하지 않은 것 같았다. 지금 그가 시신을 발견했다고 누군가에게 말했을까 봐 두려움에 미쳐 '차라리 그가 죽었더라면' 하고 생각하는 나는 정말 나쁜 사람인 걸까.

고통은 배로 늘고 내 다리는 내 주위의 공기의 무게를 지탱하기 힘들다. 온몸이 녹아내리는 것 같고 마음은 지쳐간다. 차라리 그때 말했더라면, 하고 생각해 보지만… 이미 늦었다. 그 소년 곁에 있는 그의 엄마를 보았을 때, 나는 주저앉아 버렸다. 더 이상 내 다리가 내 몸을 지탱할 수 없어져서.

그녀의 두 눈은, 이연과 꼭 닮아 있었다. 몸동작 하나하나에서 풍겨 나오는 분위기는 마치 그녀가 환생한 듯한 착각을 불러일으켰다. 이연. 혹시 이 여자의 딸이 아닐까 싶을 정도로 너무 닮아 있는 두 사람. 엄마와 딸의 수준을 넘어서 얼굴만 다른, 같은 이를 보는 것 같았다. 더 이상 이곳에 있을 수 없어서 도로 병실을 나섰다. 잠깐 병실을 나오는 소년의 엄마를 보자 피가 역류하는 듯했다. 마치 이연을 죽였던 그날처럼. 하늘이 돌고 몸은 더워졌다, 차가워졌다 반복했다. 어린아이가 거짓말이 들켰을 때의 느낌처럼. 그때 그날처럼.

소년의 엄마가 지나가고, 나는 그녀가 나간 사이에 깐까니스트에게 급한 일이 있다는 핑계를 대고 병원을 나왔다. 아마, 리포트는 만점이겠지만… 무슨 상관이란 말인가. 스쿠터에 다시금 올라탄다. 스쿠터는 내 뺨을 때리는 바람을 느끼게 해준다. 내가 덜 고통스럽도록. 내 몸을 차게 식힌다. 죄책감에 불에 덴 듯 화끈거리는 내 뺨을 식힌다. 내 뇌까지도 얼려버렸는지. 내 마음까지도 얼린 것인지 스쿠터라는 주홍 글씨는 아이러니하게도 내 죄책감을 덜어 준다. 잠시나마. 참 아이러니컬하게도.

주은이 병원을 나서서 그녀의 집으로 스쿠터를 몰 때, 에스더는 주은의 집 근처에서 그녀를 지켜보고 있었다는 것. 그녀는 알까? 지금 방안에서 죄책감에 몸부림치는, 악마에게 영혼을 팔아서라도 시간을 되돌리고픈 그녀는 알까? 같은 시간, 결코 따라가고 싶지 않은 어둠 속 한줄기 검은 빛을 발견한 에스더가 그녀를 지켜보고 있었다는 걸.

설마, 설마, 설마, 설마, 설마.

아냐. 설마가 사람 잡는댔어. 혹시라도…

아냐, 그녀가 그럴 사람이 아니란 건 너도 알잖아? 그녀가 그랬다면 분명히 신고했을 사람이야. 그녀는 다른 사람들과는 다르니까.

아냐, 그래봤자 그녀도 사람인 걸.

아냐, 그녀는 여태껏 날 따라다니며 추적을 도왔잖아.

그런데⋯ 혹시 그게 그냥 죄책감 때문이라면?

그럴 리가 없어! 그럴 리가 없다고!

설마, 설마, 설마, 설마, 설마.

수많은 의문이 내 머릿속을 맴돈다. 물음표들이 나를 덮친다. 물에 오래 빠졌을 때처럼 콧날은 시큰거리고 머리는 띵하다. 이성은 그녀를 의심하지만 마음은 그녀가 그럴 리 없다고 외친다.

그래. 그녀는 그럴 사람이 아니다. 그녀, 한주은은 사람을 사랑하고, 또 친절한 그런 사람이다. 에스더, 정신 차려. 그녀는 그럴 사람, 널 속일 사람이 아니잖아. 그깟 스쿠터, 한번쯤 탈 수도 있는 거지, 뭐.

아냐. 그렇다면 왜 여태 스쿠터가 있다는 사실을 숨긴 건데? 그렇다면 왜 그런 건데? 게다가 그 솜씨, 한두 번 타서는 결코 할 수 없는 실력이야. 습관적으로 타야 그 정도 실력이 나온다고. 스쿠터가 있는 집을 조사한 게 어젠가, 그저께인가 한데, 하루 만에 그렇게 배워서 탈 수 있을 것 같아? 아마 원래부터 있었는데 숨겼던 걸 거야.

아냐, 그녀는 내가 걱정하지 않도록 하려고⋯

아니야. 그랬다면 진즉 이야기했겠지. 그리고 옛날에 그녀가 지나가듯 스쿠터 타는 것 즐긴다고 말한 적 있잖아.

아니야! 어쨌거나 아니야. 무슨 일이 있어도 그녀는 아니야. 확실해. 그녀는 그럴 사람이 아니니까.

이러기를 수차례, 어느새 날은 밝았고 당당하게 주은에게 물어보기로 결심한 나. 그녀니까. 다른 사람도 아닌 그녀니까 믿는 거다. 그래, 그녀를 믿어야 한다.

한치 앞도 보이지 않던 연이의 죽음. 그 사건에 결코 따라가고 싶지 않은, 길이 아니었으면 하는 한줄기의 검은 빛이 들었다. 그리고 나는, 당당하게 그

빛을 따라야 하는지 그녀에게 물어보기로 했다. 그 빛을… 내가 믿으니까. 그
녀를 내가 믿으니까.

chapter 22 마지막 얽힘

D+6 오전 11시 반

"아들? 아들, 정신이 들어?"

엄마? 엄마 목소리다. 내 뺨을 만지는 우리 엄마 목소리. 엄마… 아니, 가짜
엄마 목소리다. 무슨 일인지는 모르겠지만, 이 사람은 우리 엄마, 김윤주가
아니다.

"이 손 치워."

"우진… 진아? 왜 그래? 어디 아파?"

"당신 우리 엄마 아니지? 그러니까 이 손 치워! 우리 엄마 아닌 거 다 아니
까 이 손 치우라고! 어제 이야기 다 들었어. 당신은 우리 엄마 아니야. 무슨 일
인지는 모르겠지만 당신이 김윤주가 아니라는 이야기는 이해했어!"

엄마, 아니 가짜 엄마의 표정이 어두워진다. 그녀의 표정은 눈에 띄게 흙빛
으로 변하고, 어두워진다. 그런 그녀의 입은 말한다.

"…어디까지 들었지?"

"처음부터 끝까지. 하나도 빠짐없이 모두 다. 내가 10일밖에 살지 못한다
는 이야기도, 엄마가, 아니 당신이 김윤주가 아니라는 이야기도 심지어는 내
엄마의 몸뚱어리가 일주일 뒤 죽는다는 것까지도…."

그녀가 웃는다. 아프게, 너무 아파서 보는 사람의 마음마저 아프도록 웃는
다. 우리 엄마의 갈색의 예쁜 눈이 갈색의 차가운 얼음덩이 같다. 그 뒤에 날

카로운 아픔이 묻혀 있는 얼음. 너무 아프게 웃는 가짜는 처량하게 말한다.

"우진아, 다 잊어. 모두 다 거짓말인 거야. 알았지? 그냥 넌 단순히 열에 들떠 헛것을 본 거야. 네가 너무 죽는다는 두려움이 커서 10일 후에 죽는다고 헛것을 들은 거고. 넌 이식만 받으면 살 수 있어. 그냥 고열 때문에 기절한 것뿐이야. 알았지? 넌 다 잊으면 돼. 그럼 되는 거야, 아들. 엄마는 어쨌거나 네 엄마니까. 난 김윤주고, 넌 김윤주의 아들이야. 어쨌거나, 무슨 상황이든…."

나에게 말하는 것이 아니라 자신에게 말하는 것만 같다. 자기는 김윤주라고 자기 자신을 세뇌시키는 것 같다. 그리고 곧 들어온 간호사의 손은, 주삿바늘을 내 팔에 꽂는다. 차가운 바늘과 따끔한 느낌이 팔의 일부분을 휘감는다. 마취약이 들어 있는, 호스피스 병동에서나 사용하는 모르핀이 든 주삿바늘이 팔을 찔러 들어오며 약 기운이 온 몸에 퍼지고, 서서히 눈은 감긴다. 몽롱한 정신 속에, 가짜 엄마는 말한다. "하느님… 하느님이 정말로 있다면… 이 모든 것이 한겨울 밤의 꿈이 되도록 해주세요…."

"하느님… 하느님이 정말로 있다면… 이 모든 것이 한겨울 밤의 꿈이 되도록 해 주세요…." 내가 읊조린다. 왜, 왜 하필 들어버렸니. 이제 하루, 하루만 더 버티면 되는 거였는데, 왜 들은 거니. 그것도 하필이면 오늘. 아마 하루면 모든 게 끝날 텐데. 에스더 언니가 내게 온 이후로 처음으로 하느님께 기도해 본다. 아니, 신이라는 작자에게 기도해 본다. 내 운명으로 장난치는 사신, 신을 사칭하는 그들에게는 저주를 걸어본다. 그래도 어쩌나. 모든 것은 그저 그들의 농락, 그들이 이 빌어먹을 운명을 꼬아 놓았는데.

나도 그런 말을 들을 수 있으면 얼마나 좋을까. 누군지 정확히 정의해 줄 사람이 있다면 얼마나 좋을까. 나를 김윤주가 아닌 이연으로 봐주는 이가 있다면 얼마나 좋을까. 그리도 당당하게, 확신에 차서 '너는 이연이자, 내 딸이다' 라는 말을 들을 수만 있다면….

내가 한탄할 때, 그가 들어온다. 한 여자를 데리고. 한 스무 살, 스물한 살

정도로 보이는 여자. 고개를 폭 숙이고 들어오는데,

"인사해. 우진이 쓰러졌을 때 나 여기까지 데려다 준 사람. 우리 학교 학생인데, 고맙다고 한마디는 해야 할 것 같아서 데려왔지. 주은 양, 인사해요. 우리 집사람이야."

그녀가 인사를 하고 고개를 들었을 때, 나는 다시 한 번 그들을 저주했다. 이미 얽힐 대로 얽혀버린 운명은 무겁게 나의 어깨를 짓눌렀다. 내가 반드시 죽이겠노라 다짐했던 그 사람. 다시 태어난다 해도 잊을 수 없는 그 사람. 마치 죽음의 여신처럼 아름답고도 섬뜩했던 그 사람. 그 사람이 지금 내 앞에 서 있었다. 날 죽인 그 여자가. 이 상황에서 자신이 제정신이 아니라면… 당신은 정상일 것이다. 이 상황이라면 누구나 미치고도 남으니까.

chapter 23 반항으로 매듭 풀기

D+6 오전 11시 35분

모든 것은 끝났다. 모두 다 확인했다. 그들의 마지막 장난까지도. 나를 감싸고 있는 이 수많은 매듭들. 이 얽히고 얽힌 운명의 시작은 두 사람이 한 사람이 되면서 일어난 일. 만약 내가 김윤주가 아닌 다른 이가 김윤주였다면 그들의 운명은 이보다는 덜 얽혔겠지. 그는 사신이라는 신을 사칭하는 자들에게 찍히지 않았을 테니. 그들을 숭배하고, 자신보다 우월한 생명체로 여길 테니. 하지만 그들도, 다른 사람들도 모르는 한 가지. 그들 위에는 또 어떤 존재가 있을지 모른다는 것. 사신들 위에서는 또 어떤 존재가 사신들의 운명을 좌우할지 아무도 모른다는 것. 그 어떤 인간도, 그 어떤 사신도.

그러니까. 그 누구도 모르는 그 사실을 내가 깨닫게 할 것이다. 그 사신이라는 자들이 느끼지 못했던 희로애락을 내가 일깨워 줄 것이다. 그 사신들의 위에 있는 자들이 보기에는 그저 소꿉장난일지 몰라도, 내게는 아주 중요하기에. 모든 것을 깨달아버린, 어쩌면 알아버린 이의 마지막 가르침을 내가 이들이 모두 알 수 있게 하리라. 적어도 그들, 사신들만이라도.

그들은 아직도 모르겠지. 행동대장마냥 날뛰다 폐기처분될 날만 기다리겠지. 우리 인간들이 좀 더 행복한 삶을 산다는 것, 그들은 모르겠지. 그들의 행동에 우리는 반항할 힘이 있다는 것, 내가 지금 하려는 일.

최초의 사신들에 대한 반항.

자살이 무엇인지 아는가? 미친 짓이다. 사신들에게 찍히고 주변인들의 눈을 가린다. 주변인들이 이 행복한 인간의 삶을 즐길 수 없도록 한다. 자신도 모르는 사이에 자기 자신을 살인한다. 사신이라는 작자들이 각자의 전생의 업에 따라 정해준 환경에서 탈출하려는 행위. 그러느니만큼 사신들의 눈에 곱게 보일 리가 없다. 그래서 자살을 택하는 이는 다음 생이 더욱 고달프다. 정말로 자살하는 것이 더 편할 만큼 고달픈 삶이 그들에게 주어진다. 자살한 자들에게는. 그러나 내가 하려는 자살은 다르다. 이 세상에 죽어야 할 이는 없다. 나를 빼고. 나는 이미 죽었다. 지금 남의 껍질에 들어와 기생하는 기생충일 뿐이다. 이제 나 뿐 아니라 주변인들에게 충분히 피해를 끼쳤으니 다시 모든 것을 원래대로 해야 한다.

모든 일은 자연의 법칙을 가장한 사신의 법칙이 아닌 진짜 자연의 법칙대로 돌아가야 한다. 모든 것을 다시. 만약 김윤주가 곧 죽어야 할 운명이라면 그녀는 어떻게 했을까? 그녀라면….

그게 지금 내가 하려는 행동이다. 나에게 인사를 하는 그녀, 날 죽인 그녀, 사신들에게 조작되어 숨 막히는 죄책감을 안고 있을 그녀. 모든 사실을 숨긴 그녀를 용서할 수는 없다. 그녀를 용서하지 않을 것이다. 그러나 그녀의 복수는 사신들이 그녀의 다음 생으로 조작해 줄 것이다. 모든 업과 업보로.

남편, 김윤주의 남편과 죽음의 여신에게 살짝 웃어주고는 병실을 나선다.

한손에는 휴대폰을 들고 나가면서 냉장고 문을 연다. 귤 하나를 집어 들면서 칼을 오른쪽 소매에 숨긴다. 날카롭게 갈린 과도를. 내가 무슨 일을 하려는지 알지 못하게 그들의 눈을 가려줄 귤, 옷소매에 숨겨진 과도, 그리고 2년 가량 된 폴더 폰. 아마 내 일주일을 고스란히 기억하게 해줄, 김윤주가 아닌 나의 유품. 비록 내가 아끼던 사람들은 아니지만 김윤주를 아끼던 이들, 누군가가 안고 울어줄 유품.

"모든 것은… 신의 뜻대로."

늘 하던 기도. 하느님을 부르짖던 기도는 이제 하지 않는다. 단지 어딘가에 있을, 신을 사칭하는 자가 아닌 진짜 신이 뜻하는 대로 되기를 기도한다. 신 이라면, 옳은 판단을 할 수 있을 테니까. 신은 내 운명의 결말을 해피엔딩으로 정해놓았을 테니까. 지금 내가 택하려는 이 길이 해피엔딩이 아니라면 조금만 더하면 해피엔딩에 다다르도록 해두었을 테니까.

모두의 삶은 해피엔딩이다. 스스로 죽는 그런 멍청한 짓을 한다면 해피엔딩을 못 볼 테지만. 행여 새드엔딩이라도 누군가 하나라도 그 결말이 새드엔딩이라고 생각해 준다면, 그래서 눈물을 흘려준다면, 그 삶은 해피엔딩이다. 어쨌거나 나를 사랑해 주는 사람 하나는 있다는 말이니까.

한번 죽어보았으니 두 번이라고 어려울 것 없다. 게다가 내일이면 어차피 죽을 테니까. 강제적인 죽음보다는 자유를 위한 반항이 좀 더 멋지지 않은가? 두 번 다 강제적인 죽음이라면 너무 슬프니까. 내게는 나를 사랑해 주는 사람, 에스더 언니가 있으니까. 괜찮을 것이다. 반항적인 죽음 한 번, 멋있지 않은가?

병원 로비. 5층짜리 건물 중, 2층 중앙 로비. 병원에 접수하는 수많은 사람들이 있는 곳. 이곳에서 가장 중앙에 선다. 몇몇 이들이 내게로 눈을 돌리지만, 곧 관심을 끈다. 평범한 40~50대 아줌마가 병원 로비에 서 있는 것이 그리 신기한 광경은 아니니까. 나는 휴대폰의 녹음기를 켠다. 그리고 외친다.

"내 심장은 이우진에게 주세요. 내 아들, 미안하고 사랑한다!"

이건 김윤주로서의 마지막 인사. 과도는 누구 하나 말릴 틈 없이 손목을 지나간다. 망설임 없이 그은 탓에 깊숙이 파인 손목은 그날처럼 피가 솟구친다. 붉게, 또 붉게 물드는 병원 바닥이지만, 그날과는 다르게 보인다. 검붉었던 그날이 아닌, 밝은 다홍빛으로 보인다. 자살할 때 흔히 하듯 힘을 빼지 않고 그대로 그어서 그런지 피 한번 제대로다. 아마 살지 못하리라. 하지만 이우진은 살 것이다. 내 남편이나 친척들도 많이 울겠지만 살리라. 에스더 언니는 계속 나의 죽음을 추적할 것이고, 내가 이제서야 죽었다는 사실도 모를 것이다. 아마 그 상처는 곧 치유되겠지. 40일간의 짧은 만남이었으니까. 날 죽인 그 여자는 평생을 죄책감에 살겠지만 아마 살 것이다. 고의도 아니었고, 경찰들은 나의 죽음에는 전혀 관심이 없으니. 단순한 사신들의 장난이었으니.

"이봐들… 이 정도면 제대로 반항한 거지? 그렇지? 기억해. 사람 운명은 너희 장난감이 아니라고…."

이연으로서의 마지막 인사. 작게 읊조린다. 비록 이 수많은 인간들은 듣지 못했겠지만, 그들은 들었으리라. 곧 만나겠지. 아마도 그럴 것이다. 그들은 분개할까? 그래도 나는 할 말은 있다. 김윤주가 자살할 만한 가장 좋은 이유를 찾아냈고, 또 그것을 실천했을 뿐이니까. 하루 일찍 죽는다고 세상이 뒤집어지겠는가?

정신이 혼미해진다. 그래도 마지막 말은 근사하게 남겨야겠지?

"모든… 것은… 신… 신의 뜻대로…."

비록 완전하게 멋지게 말하지는 못했다. 그러나 뭐 어떤가. 뜻은 같은데.

 The end, 그리고…

D+6 낮 12시

모든 것을 털어 놓았다. 나를 향해 추궁하듯, 모든 것을 부정하고 싶은 듯 물어오는 에스더 수녀에게 나는 잊을 수 없을 상처를 주었다. 상처주기 싫어 방치해 두었던 날카로운 도끼는 녹이 슬어 오히려 더 큰 상처를 남겼다.

"주은 씨, 거, 거짓말… 이죠? 그, 그런 거죠?"

"…미안해요. 많이… 미안해요."

아무 말도 할 수 없었다. 그렇게 아프게 말을 꺼내는 그녀에게 난 단 한마디도 꺼낼 수 없었다. 안경 너머로 뿌옇게 눈물이 차오른 그녀의 눈은 이미 절망의 빛으로 가득 차올라 있었다. 내가 입을 열기 전까지는 약간의 희망이, 일말의 희망이 빛을 발했지만, 이제 더 이상 그녀의 눈은 빛을 발하지 못했다. 암울하게 칙칙해진 그녀의 눈은 그녀를 비난하고 있었다. 도저히 그녀의 그런 눈빛을 견딜 수 없어… 고개를 돌려버렸다.

"하하…. 모든 것을 용서한다고 해야 하는데… 여기까지 이야기하는 것만으로도 엄청난 용기를 낸 거라고… 괜찮다고 해야 하는데… 미안… 미안해요…, 주은 씨. 나… 못 할 거 같아… 그렇게 못 할 거 같아…. 나… 용서 못 할 거 같아요, 주은 씨."

기대하지 않았다. 그녀에게 너무나도 큰 상처를 줘버려서. 불가능할 거란 건 일찌감치 알고 있었다. 이미 나 버린 상처에 내가 소금물을 부은 격이란 것, 이미 알고 있었다. 어디서부터 잘못된 걸까. 아예 애초에 사고를 내지 않았더라면. 아니, 그게 불가능하다면 차라리 사고 직후에 신고라도 했더라면. 그랬더라면… 지금과는 조금은 달랐을까? 기대하지 않았지만, 내 마음은 약간은 기대했나 보다. 아프다. 쓰리다. 그녀의 배신감만큼, 나의 마음도 아파온다.

모든 것을 고백하고, 경찰서로 향하기 전, 나는 그녀의 무덤에 들르기로 했다. 이연의 무덤에. 인간으로서 마지막 사죄는 해야 하니까. 사실… 내가 하고 싶었으니까.

"이곳에 오고 싶었나."

"물론. 내 몸이 묻혀 있던 곳이니까요. 내 기억과 함께…. 각운은 각운이 죽은 곳 가보고 싶지 않아요?"

"전혀. 육신은 흙일 뿐. 중요한 것이 아니다."

"쳇. 잘났어, 정말."

이게 진실이든 아니든 상관없다. 내 눈앞에 보이는 저 사람, 아니 영혼은 이연이 확실하다. 드디어 내가 미쳐버린 걸까. 그녀가 살아 있었더라면 하는 상상이 도가 지나쳐 이제는 그녀의 영혼이 보이는 걸까. 그래도 사과하고 싶다. 그녀가 미쳐버린 내 눈에 비친 허깨비라도 사과하고 싶다.

"이연…?"

내 말에 고개 돌린 그녀의 표정이 굳는다. 그녀는 입을 움직이지 않지만, 내세 말한다. 아니, 정확히는 내 머릿속에 말을 집어넣는다.

'어제 김윤주의 모습으로 보고 또 보네요.'

그녀였나. 어제 내가 이연과 비슷하다고 생각했던 여자가 연이와 동일 인물이었나. 어쩐지…

그녀의 눈은 외친다. '왜 왔어? 왜 왔어? 그런 짓을 해놓고, 또 진실을 그렇게 숨겨놓고, 왜 왔어? 올 양심이 있었어? 올 면목이 있었어? 아니면 올 염치라도 있었어? 아니면 내가 어떻게 망가져 있는지 궁금해 미칠 지경이라 왔어?'

"미안. 정말로 미안. 숨겨서, 감춰서, 또 네가 아꼈던 그 여자에게 상처 줘서 또 미안. 하나부터 열까지, 모두 다 미….'

싸한 눈빛이 내 말을 가로막는다. 더 이상 아무런 말도 할 수 없도록, 내 입을 막아버린다. 냉랭한 목소리가 머릿속에 울린다.

'필요 없어요. 가요. 이미 모든 일이 벌어진 후. 늦었어요, 너무. 너무나도.'

용서받고 싶어서 한 것은 아니다. 단순히 사죄해야 하기에. 내 잘못을 뒤늦게 깨달았기에. 그래서 한 것뿐이다. 그래서 했을 뿐이다. 마음이 찌르르르 아파와도 어쩔 수 없다. 그녀는 나보다 더 아팠을 테니까. 곧 사라질 것만 같은 고통을 느꼈을 테니까.

"미안하다. 너무. 미안…. 혹, 다음 생에 만나면, 그때는… 네가 나를 벌주렴. 나를 벌하렴. 미안하고, 또 미안하다."

그녀는 돌아서서 나간다. 여전히 냉하게 가버린다. 내가 한 짓이다. 그녀의 순수한 이팔청춘의 봄날에 내가 겨울의 냉랭함을 선물했다. 내 짓이다.

그녀의 마음에 언젠가는 봄날이 오기를 간절하게 기도하며, 그녀가 가버린 그 길목을 끝까지 쳐다보았다. 다음 생에는 그녀가 평탄한 길을 가기를 바라며. 국화 꽃다발을 내려놓고는 그녀의 무덤가에서 나와 경찰서로 향한다. 한결 가벼워진 마음을 한 채. 아마 경찰서에서 자백하면… 좀 더 가벼워지겠지?

"나, 보상받아야 할 것, 바꿔도 돼요, 각운?"

"들어보고."

"나, 에스더 언니, 그러니까 나를 사랑해 주는 사람이 너무 슬퍼하지 않고 살 수 있게 해달라고 했잖아요? 그런데, 한 사람 더 추가할래요. 저 사람. 날 죽인 저 여자, 더 이상 괴롭지 않게 해줘요. 더 이상 죄책감을 느끼지 않도록 해줘요. 간단하게 정리할게요. 내가 이 세상에 존재하지 않았던 걸로 해줘요. 나라는 존재 자체가 없었던 걸로. 에스더 언니는 다시 저 여자와 잘 지낼 수 있게 되고, 저 여자는 죄책감 없이 지내고, 내 아들, 아니, 김윤주의 아들은 어젯밤의 기억을 잃고 살도록. 내가 존재하지 않았던 걸로, 완전히 깨끗이 지워줘요. 그 정도는… 할 수 있죠?"

"널 죽인 여자를 용서한다는 건가."

“아뇨. 용서할 게 없어요. 저 여자는 없는 이를 죽였거든요. 세상에 존재하지 않는 이를 어떻게 죽이겠어요? 그래서 용서할 수가 없죠.”

“넌 참 골 때리는 아이에, 이상한 아이로군. 인간 아이치고 이렇게 이상한 아이는 또 처음이야. 게다가 여느 인간처럼, 아니, 어쩌면 여느 인간들보다 더욱 감정에 쉽게 휘둘리고 말이지.”

“인간이라면 누구나 다 택했을 길을 택했을 뿐이에요. 인간은 많은 욕심만큼 감정에 쉽게 휘둘리는 동물이니까. 그래서 아름답죠.”

그녀는 웃는다. 아프지 않게. 더 이상은 아프지 않은 듯. 상처 없이 해맑게. 아까 말했듯, 인간은 감정에 쉽게 휘둘리니까. 그래서 더 매혹적이지 않은가?

epilog

1

“저기… 이봐, 아가씨? 아, 아니, 재이 양…? 여긴 무슨 일로….”

“아… 아아?”

내가 왜 여기 있지? 여기 왜 온 거지? 드디어 미친 건가? 여기까지 왜 왔을까. 내가 경찰서에 올 일이 없는데.

“아, 아…. 그러게요? 제가 여기 왜 왔을까요?”

내가 무슨 소릴 하는 거람. 술도 안 마셨는데 왜 이러지? 게다가 이곳에 발을 디디니… 눈물이 난다.

“저기… 재이 씨?”

“흐윽, 윽윽, 아…, 예?”

“혹시 술 마셨어?”

이 사건 이후 2, 3일쯤 후,

"호오?"

딸깍딸깍. 마우스를 더블클릭하는 소리.

엄마의 모성애… 한국을 울린 사랑

이유는 모르겠지만 저번에 매니저가 나한테 한 달 가량 휴가를 주었기에 할 일 없이 웹서핑을 하고 있는 오늘, 흥미로운 기사란 기사는 전부 보고 있다. 그때, 실시간 급상승 검색어에 뜬 기사 하나.

한 엄마와 아들의 사연. 심장병인 아들에게 심장을 이식해 주기 위해 자살한 엄마, 그러나 원래 규율 상 대기자 순서대로 이식을 받고 특정 대상자에게 이식해 줄 수 없는 것이 원칙이기에 아들 역시 심장마비로 사망. 뭐 대충 이런 내용.

그런데 왜 눈물이 날까. 꼭 아는 사람이 죽은 것처럼….

"까악, 나 알고 보면 감수성 소녀였나 봐. 막 기사보고 울어. 푸흐, 나 아직 소녀였구나."

웃어 보지만 왠지 슬퍼진다. 왜일까.

"우으, 몰라. 계속 슬픈 기사만 봐서 그런가? 왜 이렇게 우울하냐. 스쿠터라도 몰아야지."

그때 '언니이, 문자왔셔용'. 나의 핸드폰 문자 소리. 휴대폰을 열어보니, **〈우리 놀러가요. 10분 안에 나올 수 있어요? -에스더〉** 에스더는 마치 궁서체로 글 쓰는 느낌이 나도록 문자를 보낸다. 상당히 부담스럽달까. 마치 편지를 받는 느낌? 게다가 아무리 반말을 쓰라고 해도 존댓말은 고쳐지지가 않는다. 그래서 나만 반말을 쓰는 중이다. 안 그래도 심심하던 차, 당장 간다고 문자를 넣은 뒤 집을 나선다. 스쿠터로 가면 화내겠지? 지갑을 들고는 사랑의 집으로 달려간다.

요새는 전보다 한결 여유로워진 에스더. 내가 이곳 원장을 신고했기에. 덕분에 원장은 아동학대 및 금품갈췄는지 뭔지로 요새 콩밥 먹고 있다. 예전 같으면 그냥 무시했을 일이지만 왠지, 이 아이들에게는 그러면 안 될 것 같은 느낌이 들어서. 그러면 굉장한 죄를 짓는 느낌이라서, 아이들을 위해 했다. 새 원장은 이전의 원장이 그런 꼴을 당했는데 헛짓을 할 리가 없고, 아이들은 사랑이란 것을 느끼며 자란다. 적어도 인간다운 삶을 살며 자란다. 그 아이들이 웃을 때마다 마음이 조금씩 가벼워지는 느낌. 이래서 봉사를 하는 걸까? 배려나 보람과는 조금 다른 느낌. 그러나 기분 좋은 느낌이란 건 확실하다. 사람을 사랑하는 것만큼 아름다운 일도 또 없으니까.

이곳은 우포늪. 영 우울해서 하늘이나 자연이라도 보면 좀 기분이 나아질까 해서 온 곳이다. 그리고 그곳에서 무리지어 피어 있는 연꽃들을 보았을 때, 둘둘 쌓여 가려진 내 얼굴 위로 눈물이 흐르는 듯했다. 아련하게 아픈 느낌. 또 그리우면서… 고마운 느낌. 에스더도 느낄 수 있을까? 그녀에게 넌지시 말을 건넨다.

"문득 외롭고 그리울 때 있잖아? 그럴 때는, 내 기억 속에 있었던 어떤 이가 불현듯 떠올라서래. 머리는 잊어버린 기억을 가슴이, 마음이 기억하고 있어서래."

"그럼, 주은 씨는 전생이 있다고 믿으세요? 운명을 믿으세요?"

"아니. 하지만… 인연은 믿어."

전생과 미래는 믿지 않는다. 현생의 삶을 기억하지 못한다면 그건 다른 사람이다. 영혼이 같아도 다른 이이다. 하지만, 만약 전생의 사람을 만난다면, 그 사람을 이번 생에 또 다시 본다면. 인연이란 건 어쩌면 모든 운명의 시작일지도 모른다.

그래서 인연이 소중한 것이 아닐까? 운명의 어머니이기에. 그리고… 내 곁에 있는 에스더처럼, 인연이란 모든 희로애락의 출발점이기에. 모든 감정을 만들기에, 더 소중하다.

2

“그래서요. 결론은 폐기처분하는 겁니까?”

“3대 성인의 결정입니다. 3대 성인의 결정이라면, 따라야 하는 것. 알 텐데요. 하, 이제는 반항이라도 하려는 겁니까, 지금?”

미리암은 여전하다. 신랄할 따름이다. 아무래도 말 하나하나가 비뚤게 들리는 모양이다. 그녀의 성격에는 그러고도 남는다. 어쨌거나, 지금 이게 무슨 소리란 말인가.

토사구팽. ‘토끼 사냥이 끝나면 사냥개를 잡아먹는다.’는 말. 지금 이 상황에 딱 맞는 말이다. 실컷 인간 아이, 아니 연이를 이용해놓고 이제 와서 소멸시킨단다. 명목은 너무 많은 것을 알고 있다. 이렇게 많이 아는 영혼이 인간계에서 전생을 기억해 내기라도 하면 안 된다며 소멸이란다. 그들은 모두 알고 있다. 인간계에서 기억해내 봤자 인간들은 그녀를 미친 사람 취급하며 정신병원에 가둘 것이다. 게다가 기억해내는 인간은 만 년에 한 명 나올까 말까인데 그게 말이 되는가? 그들은 단순히 화가 난 것이다. 자신들의 권위에 도전하는 발언을 해서. 그러나 결코 틀린 말 하나 없는 말들이라서.

그녀를 소멸시켜라. 내게 내려진 명령. 수행하는 행동대장 역할이 바로 나, 사신 각운. 내가 아닌 나. 나로 살 수 없는 나. 이런 나로써 오래 살아 봤자 무슨 소용인가? 그때, 연이의 반항이 생각난다. 사신이 된 이후로 처음으로 웃어본다. 반항이다.

그녀의 영혼은 인간으로 환생시켰다. 아마 다음 생에는 없을 테지만, 내게 깨달음을 준 대가로 또 한 번의 삶, 또 한 번의 윤회. 이 정도면 충분하지 않은가?

지금까지 그 누구도 시도하지 않았던 일을 시도해 보려 한다. 천년이 되기 전, 스스로 소멸하기. 원래 각 사신은 천년 후 스스로 소멸하지만, 아직 천년이 되지 않아 소멸이 될지 안 될지는 모른다. 아마 소멸되지 않아도 다른 이들의 손에 소멸될 테지만, 연이 말했던 것처럼 반항적인 죽음과 사형은 엄연히 다른 법이다. 내 첫 시도. 사신들로써의 첫 시도. 그들이 내 소멸로 깨닫기를. 그들에게 누군가의 운명을 망칠 권리는 없다는 것을.

사람은 사람으로

너는 또 다른 너로

삶이란 돌고 도는 것

네 전생의 업은 네 현생의 업보요

네 현생의 업은 네 다음생의 업보

네 오늘의 행동이 다음생의 너를 좌우한다

그 누가 알겠는가

오전의 따뜻한 햇살이 오후의 핏빛 노을일지

윤회의 바퀴는 돌고 돈다

너는 그 바퀴의 살

사람은 사람으로

너는 또 다른 너로

삶이란 돌고 도는 것

삶이 끝나는 날 윤회의 바퀴는 멈추리

삶을 넘어서리라

3

아무도 짐작하지 못했던 존재. 아니 어쩌면 모두가 알고 있었지만 모르는 척했던 존재. 사신의 운명을 관장하는 그. 소멸사가 아래를 내려다본다. 사신들의 농간을, 자신의 존재를 숨기려 하는 3대 성인의 소꿉장난을 재미있다는 듯 바라본다.

"김윤주 일은 너무 재미없이 끝났지?"

그가 중얼거린다.

"이번에는 통 크게… 3대 성인 중 하나로 가지. 어때, 칸나?"

칸나라는 여자 소멸사도 따라 피식 웃으며 대꾸한다.

"재미있을 것 같네."

또 이 소멸사들은 알까? 이들 위에는 또 누가 있을지. 소멸사의 운명을 관장하는 이들은 또 누구일지. 희로애락이 얼마나 값진 것인지를… 무엇보다도 이 하나하나의 삶이 얼마나 소중한 것인지를. 이들 모두 얼마나 치열하게 살아가는지를. 이들은 알까?

4

"르, 르헨! 크, 큰일났습니다!"

"무슨 일이죠?"

'님'이 붙지 않는 호칭에 얼굴을 살짝 찌푸리는 그녀이지만 '님'이란 호칭을 미처 붙일 생각조차 할 수 없을 정도로 긴박한 일이라 생각하고 그냥 넘어간다. 원체 발랄한 성격인지라 이런 식의 깜짝 놀랄 만한 일들을 은근히 기다리는 그녀. 3대 성인들이 원래 그렇듯 그녀 역시 다른 사신들에 비해 훨씬 여유로워 보인다. 소멸이라는 것 없이 그저 영원히 존재한다는 확신이 있어서일까.

사람이나 사신이나 죽음은 두려운 법. 이 사신들의 죽음인 소멸은 그 어떤 느낌인지 알 수 없으니 더욱 무서운 법이다. 아예, 유언이랄 것도 없이, 소멸될 시간이 되면 이동통로로 이동, 그리고 그곳에서 어느 순간, 훅! 사라진다. 흔적도 없이. 검은 망토만 남긴 채로.

이 죽음에 대한 두려움이 없으니 넉넉하고 편안해 보이는 것은 어쩌면 당연한 일일 것이다.

"타, 타프카가… 소멸했습니다!"

3대 성인이 소멸했다는 것. 그들의 편안함과 안락함에는 금이 간다는 것. 그들의 명예나 명성이 떨어진다는 것. 더 이상 3대 성인들의 특별함은 남아 있지 않다. 3대 성인이 존경받는 가장 큰 이유는 소멸이라는 가장 큰 문제를 뛰어 넘었다는 것. 그러나 그들이 소멸한다? 그들의 공간은, 그들이 일구어 놓은 모든 일들은, 그들이 만든 사향은 서서히 흔들린다. 그들이라는 감히 범접할 수 없는 권력의 성역은 붕괴된다. 더 이상 존경받은 이유는 없다.

가만히 유희를 즐길 시간은 끝났다. 그들이 소멸하지 않는다는 이유로 이루어졌던 모든 존경과 혜택들은 사신이 인간의 우위에 있듯, 3대 성인은 그들 위에 있다는 생각 덕분. 사신들의 머릿속에는 그저 그들이 유난히 오래 사는 것이 아닌가 하는 생각이 든다. 그들은 혹 자신들도 그렇게 오래 살 수 있을까, 그렇다면 자신들도 그들이 누려왔던 혜택을 누릴 권리가 있는 게 아닌가 하는 생각이 솟아난다.

"뭐?"

경악하는 표정의 르헨. 그는 이 모든 사실을 알고 있다. 그가 이루어 왔던 그 혜택들이 온 곳도, 모두 알고 있다. 이 권력의 붕괴는, 더 이상 '님'이 붙지 않는 그들의 호칭에서부터 시작된다. 그가 다른 3대 성인이 소멸하면 자신도 소멸될 가능성이 있다는 것을 알고 있다. 봉기가 일어나는 것은 시간문제다. 그의 눈은 소멸에 대한 두려움과 권력의 흔들림을 느끼는 그녀의 상태를 아주 잘 보여준다.

흔들리는 권력과 이 모든 모습을 장난치듯 재미있게 바라보는 남녀소멸사들. 또 이들의 장난을 못 말리겠다는 듯 바라보는 소멸사의 위에 존재하는 또 다른 이들.

이 소멸사들의 장난으로…
또 하나의 prolog는 시작된다.

공압수용소

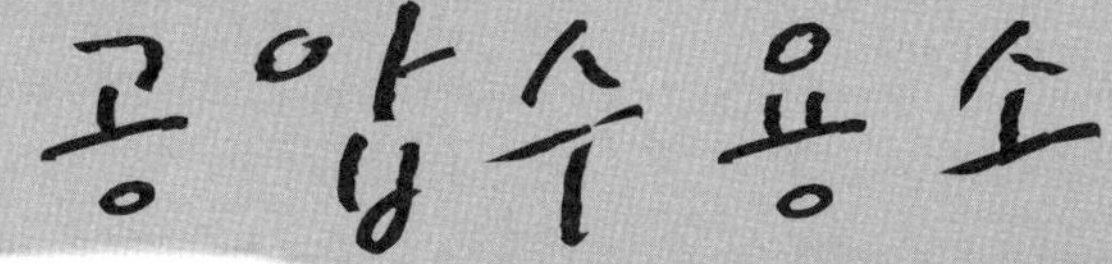

글 박세희

난 할 말이 없었다. 그냥 다시 돌아가는 수밖에 없었다. 다시 그 험악한 길을 걸어 그 물 떨어지는 길을 걷고 투벅투벅 내 발소리를 들으면서 나 혼자 외롭게. 그 사람들과 같이 가지 않고 나 홀로 그 길을 다시 걸어야 했다. 다시 바람이 불고 온몸이 추워진다. 그들은 공압수용소를 선택했고 난 내 자유를 선택할 것이다.

차례

차례

프롤로그

프롤로그

이사 가던 날, 창고 깊게 박혀 있던 회색 공책 한 권을 발견하였다. 넓은 공책 한켠에 작디작은 글씨로 쓴 조그마한 글이 보였다. 적은 분량이지만, 궁금해 쳐다보며 읽어보았다.

"겨우 목만 내밀 수 있는 문과 녹슨 철장, 주인이 주는 건 죽은 벌레가 떠다니는 성장촉진제와 이상한 알약들. 답답한 이곳은 똥이 그득한 양계장이다. 하루에도 철장에 살이 찝혀서 죽어가는 닭들만 해도 몇십 마리다. 크기가 이상한 계란들. 이러한 곳에서 정상적인 달걀을 낳는다는 건 아무래도 무리일 것이다. 그러한 썩은 계란들은 물티슈 몇 장으로 금세 닦여 금딱지를 붙이고 트럭에 실려 어디론가 간다. 이 답답한 양계장을 살아가는 아니, 공압수용소 M−48 나는 14살 여학생이다."(number)

양계장, 닭, 철장, 성장촉진제, 알약, 썩은 달걀, 똥 냄새, 트럭, 금딱지, 공압수용소? M−48? 이게 뭔 소리지? 끝에 있는 저 number는 또 뭘 뜻하는 거야?

답답하고 비밀스러운 말만 가득한 공책이다. 이제 보니, 여기저기 손톱으로 뜯은 듯한 자국이 여럿 보인 다. 뭔가 이상한 느낌마저 들게 한다. 좌르르르 책을 넘기자, 첫 페이지부터 마지막 페이지까지 보이는 건 오직 복잡하고 어려워서 알기 어려운 수학기호들, 그리고 이상한 문자들만 보인다.

마지막 페이지, 누런 노란색 테이프로 둘둘 감은 페이지. 그 페이지는 얼마나 많이 감았던지 구부릴 수 없을 정도로 딱딱해져 있었다. 그리고 그 빳빳한 페이지엔 짙은 파란색 잉크로 찍은 M−48 RT라는 도장 자국이 수도 없이 많이 엄청 찍혀 있다.

"M−48 RT⋯."

M−48은 그 여학생의 번호 같은데, 마지막의 그 RT는 뭘 의미하는지 모

르겠다.

　궁금증에 인터넷을 찾아보기도 하고 책을 찾아보기도 했다. 공압수용소란 것도 찾아보고 RT란 것도 찾아봤다. 그중에 RT는 방사선투과검사(Radiographic Testing, RT)라는 뜻이 있었다. 이건 또 뭔지. 참 부족한 내 상식에 한숨을 쉬며 그저 멍하니, 공책만, 바라볼 수밖에 없었다.

　"공압수용소… 공압수용소… 공압수용소…."

　난 이걸 찾기 위해 시내에 있는 국립도서관에 가기로 결심을 하고 덜컹거리는 버스에 앉아 국립도서관이라는 안내자의 말을 한없이 기다리고 있었다.

　"이번 역은 국립도서관입니다."

　터벅터벅 걸어서 흔들리는 버스에서 내리고 커다란 국립도서관을 위로 바라보면서 그곳에 발을 들였다. 오직, '궁금하다'라는 생각 때문에, 여기까지 왔다는 생각에 이제 뭐든지 할 수 있을 것만 같았다.

　국립도서관 안. 난 그곳에서 공압이란 단어부터 수용소란 단어까지 모두 찾아보았지만, 눈에 띄는 건 공기의 압력이란 말밖엔 없었다. 이 공압에 대한 것도 생각을 해보았지만, 이 회색 공책은 공기의 압력과는 전혀 관계가 없는 듯했다. 그보단 공기의 압력 외의 다른 비밀스럽고 감추어진 뜻이 더 있을 것이라는 생각이 들었다.

　마지막으로, 진짜 딱 마지막으로 도서관의 책을 샅샅이 찾아보았지만, 내가 얻고 싶은 답은 전혀 보이지 않았다. 이제 지쳐 그만 포기하고 집에 가려 할 때쯤, 5시간 동안 눈에 보이지도 않던 공압수용소라는 두꺼운 검은색 책이 도서관 한편에 무질서하게 쌓여 있었다.

　금방이라도 버릴 것처럼 커다란 박스에 담겨져 있는 채로 말이다. 난 너무나도 기쁜 나머지 그 책 더미 속으로 막 달려가서는 10권 정도를 몸에 걸치고 앉아서 허겁지겁 읽기 시작했다. 그 공압수용소라는 책에는 여러 아이들의 사진부터 성적표 같은 점수들, 그리고 내가 회색공책에서 봤던 RT명단들 그곳엔 빨간색으로 줄을 친 몇몇 이름들도 있었다.

그렇게 한참이 지나자, 무거운 책에 눌려 쥐가 난 다리를 풀고자 일어났다. 그러자 내 무릎 위에 있던 책이 퍽 소리를 내며 저 밑 계단으로 굴러 떨어졌고 난 그곳까지 쥐가 난 다리를 이끌고 내려가야 했다. 한쪽 다리로 걸으며 내려갔지만, 높은 계단을 내려가기엔 무리였던 걸까 난 금세 계단에서 굴러 떨어지고 말았다.

"아악!"

넓은 도서관 안에 울려 퍼지는 외마디 비명. 온 힘으로 그 책을 주우러 갔지만, 책을 잡기도 전에 난 어디론가 빨려 들어가는 이상한 느낌을 받았다.

"쿵!"

좁은 터널 안 아무도 보이지 않는 곳

"위이이이이잉– 위이이이이잉– 위이이이이잉–"

이상한 기계소리가 들렸다. 너무 컴컴하고 너무 무서워 아무 말도 하지 못하였다. 빠져들 것만 같은 짙은 어둠이 원인 모를 이상한 공포감과 섬뜩함이 날 사로잡았다.

"아아악–––"

사방을 두리번거리며 소리를 질렀다. 하지만 들리는 건 계속 울리는 내 목소리뿐. 일단, 아무것도 모른 채 난 앞을 향해 서서히 움직이기 시작했다. 걸어갈 용기가 나지 않아, 바닥에 납작 엎드린 채로 기어가고 있었다.

앞이 보이질 않아, 머리를 벽에 박기도 하고 그렇게 한참을 기어가자, 그제야 이 길이 좁은 터널이라는 것을 깨달았다. 옆의 벽을 힘껏 밀면서 일어났다. 그렇게 10분여쯤 걷자, 여태까지 보이지 않던 희미한 불빛이 좁은 터널 안을 살며시 아주 살며시, 비추기 시작했다.

그 빛을 따라 계속 걷고, 걷고 또 걸었지만, 보이는 건 10분 전에도 보이는 그 조그마한 불빛뿐이었다. 답답하다. 난생 처음으로 갇혀 있고 막혀 있다는 느낌에 갑자기 숨도 잘 안 쉬어지고 가슴이 답답했다. 답답한 마음에 팔을 걷어붙이고 천천히 달리기 시작했다. 그러자, 조금씩, 조금씩, 아주 조금씩 점점 커져가는 듯한 불빛에 무엇인가 기쁘고 여길 벗어날 수 있다는 희망이 들었다.

바로 그때, 낡은 스피커에서 희미하게 사람 목소리가 들려오자, 나도 모르게 그 자리에 우뚝 멈추어 서버리게 되었다. 그리고 그 낡은 스피커의 소리에 귀를 세우고 듣고 있었다.

"아, 아— 드르 을 리…나 . 환…영…하으…다."

치지직거리는 소리와 환영한다는 말을 하는 스피커는 도대체 뭘 말하려는 건지 또 여긴 어딘지 왜 날 환영하는지 답답해서 미칠 지경이었다. 또다시 들리는 스피커 소리, 이번엔 알아들을 수 있을 정도의 또렷한 소리였다.

"아아 마이크 테스트 하나 둘 셋 이제 들리나요? 음, 됐군. 환영합니다. 공압수용소에 오신 모든 여러분. 먼저, 제일고등학교에서 오신 분은 왼쪽 통로로, 론 사원 시험을 치르기 위해 오신 분들은 오른쪽 통로로 가시기 바랍니다."

응? 도대체 무슨 말이지? 제일고등학교는 우리나라 최고의 고등학교인데? 공압수용소는 내가 그토록 알고 싶던 그곳이잖아? 아, 내가 정말로 가고 싶은 고등학교, 제일고등학교 뭐, 자살율이 조금 높아 문제긴 하지만, 그것쯤이야 뭐, 내가 안 그러면 되지, 안 그래? 공부를 먼저 잘해야겠지.

'에효'

땅 꺼지게 한숨을 쉬고 있던 그때 오른쪽 문과 왼쪽 문이 스르르 열렸다. 어디에도 갈 곳이 없는 나는 그냥 아무 문이나 들어갔다. 그후 무슨 일이 일어날지도 모른 채 말이다.

"끼——익, 철커덕."

"왼쪽, 왼쪽 통과하셨습니다."

난 그날부터 제일고등학교 학생이 되어 있었다.

"공압수용소에 오신 것을 진심으로 환영합니다. 이제 당신은 세계 최고의 인류가 될 것이며, 세계 최고의 지능과 실력으로 우뚝 서게 될 것입니다. 저희 공압수용소의 학습기술 및 학업능력 증진 프로그램은 세계 최고이므로, 잘 따라 오시기만 한다면, 세계 최고라는 타이틀을 여러분의 손에 거머쥘 수 있을 것입니다.

여러분의 방들은 여러분이 들어오신 문들을 통과하자마자 저희의 시스템이 여러분의 지능을 평가하여 방 배정을 완료하였으니, 방에 들어가 짐을 먼저 푸시기 바랍니다. 아! 그리고 예약인원이 아니신 분들, 즉 빔을 통해 오신 분들은 저에게 먼저 오시기 바랍니다.

각각의 방들은 인간 CCTV 론들이 관리 및 감독을 할 것이며 일주일마다 테스트를 쳐 P와 RT를 가려내어 잘한 자에겐 상을, 부족한 자들에겐 엄중한 처벌을 내릴 터이니 열심히, 그리고 모든 일에 적극적으로 임할 것을 약속하셔야 합니다.

또한 S반이 될 때까지는 이 수용소에서 못 나가시는 관계로 S반이 되기 전까지의 음식, 옷, 필기구 등은 모두 저희가 제공해 드리니 안심하셔도 됩니다."

이상한 아저씨의 긴 연설이 끝나고 난 M−48번 방에 배정되었다는 말을 들었다. 이게 뭐야 일단 나는 비예약인원이기도 하고 빔인가 밤인가 그 이상한 그걸 통해 온지 안 온지 모르겠지만, 일단 이상한 그 아저씨에게로 갔다.

"끼익"

문을 열자, 그곳엔 아까 연설하던 아저씨가 허브차를 마시고 있었다. 난 인사를 한 뒤 물었다.

"저는 이곳에서 제가 나갈 수 있는 방법을 알고 싶어서 왔어요."

"제가 아까 말씀드렸지 않습니까. 이곳에서 나가려면, S반이 되어야 합니다."

아저씨가 말했다.

"아니, 그런 방법 말고, 지금 당장 나가는 방법 말이에요."

난 지금 당장 빨리 어서 이곳을 벗어나고 싶었다.

"그럼, 지금 당장 시험을 쳐서 S반에 올라가시면 됩니다."

아휴 정말 말이 안 통하는 아저씨다.

"그게 아니고, 시험을 치지 않고 나가는 방법요. 저는 여기에 제가 원해서 온 게 아니거든요."

그때 그 아저씨의 표정이 굳어지며 말하였다.

"이곳에서 나갈 수 있는 방법은 오직 하나! 시험을 쳐서 좋은 성적을 받는 것입니다. 당신이 이곳에 발을 들여놓은 이상 당신은 이곳을 나가기 위해서 안간힘을 다해 시험을 쳐야 할 것입니다."

완전 이해불가능이다. 내가 여기에 오고 싶지도 않은데 여기서 계속 있어야 한다니, 정말 끔찍했다. 집에도 못가고 정말 눈앞이 캄캄했다. 너무 어이가 없고 솔직히 잘 이해도 되지 않아, 난 다시 한번 물어봤다.

"제가 이곳에 있어야 하는 이유가 뭐죠?"

큰 목소리로, 미안하지만, 난 여기에 있고 싶지 않다는 느낌을 강하게 어필했다. 그때 물로 목을 축이더니 그 아저씨는 말을 다시 하기 시작했다.

"음, 왜냐하면, 우리는 당신을 교육시킬 의무가 있는 사람들이기 때문이죠."

"네? 왜 그런 거죠?"

정말 난 이 아저씨와 더 이상 말할 가치가 없다는 것을 느끼고 입을 굳게 다물고 뒤돌아 문을 향해 걸어갔다. 난 방문을 세차게 닫고 나갔다. 정말 어이가 없었지만, 지금 당장 빨리 출구를 찾아 나가야만 했다. 빨리 나가 집에 가서 엄마도 보고 아빠도 봐야 마음이 좀 차분해질 것만 같았다. 그때 어떤 같은 얼굴의 두 사람이 내 팔을 세게 잡고는 어디론가 끌고 가기 시작했다.

"악! 이거 놔요! 지금 어디를 가는 거예요!"

난 소리쳤다. 하지만, 아무리 소리쳐 봐도 그 사람들은 날 놔줄 생각이 없는 것만 같았다. 이게 무슨 일인지… 정말 아까부터 혼란스러워 죽을 지경이다.

여긴 어디고 또, 공압수용소는 뭔가. 아까 그 책을 주우러가지 말았어야 했어. 으이그 바보 진짜 한심하다. 도대체 이 상황이 뭐야! 알 수 없는 요상스러운 상황들이 계속 반복되고 있어. 또 앞으론 어떤 일이 일어날지, 알 수 없다.

난 그렇게 같은 얼굴의 두 남자에게 끌려가 두꺼운 쇠로 만들어진 엘리베이터를 탔다.

"띵동"

엘리베이터 벨소리가 울리고 난 위로, 위로 올라가기 시작했다.

"1"

"4"

"8"

"12"

"16"

"20"

"24"

"36"

"40"

그 엘리베이터는 정말 빨리 올라갔다. 귀가 멍멍해져 한동안 잘 안 들릴 만큼 말이다. 엘리베이터에서 내린 뒤, 한참을 갔다. 똑같이 생긴 그 두 남자는 날 쇠창으로 만들어진 감옥 같은 방 앞에 세워놓았다.

그러면서, 그들은 자신은 나를 관리하는 관리자 론들이라며 내가 테스트를 치지 않거나 공부를 하지 않을 때 벌을 주거나 하도록 시키는 사람이라고 했다. 벌? 무슨 벌을 말하는 걸까?

"정확히 내가 시험을 안 치거나 했을 때 난 무슨 벌을 어떻게 어디서 언제 받게 되나요?"

론들은 침착하게 나의 질문에 대답해 주었다.

"당신이 일주일마다 치는 정기고사를 안 치게 된다면, 또한 당신의 점수가 일정한 기준을 통과하지 못했을 경우에는 일주일 단식이며, 지하수용소에서 기준을 통과할 때까지 지하수용소 관리자에게서 관리와 감독을 받으셔야만 합니다."

난 속으로 생각했다. 자기네들이 겁주려면, 겁 실컷 주라지. 난 어떻게든 여길 빠져 나가 내 집으로 갈 테니까.

내가 들어간 방은 정말 최악 중의 최악이었다. 세상에 이런 방도 있었나 새삼 놀라게 되었다. 그 방을 대충 설명하자면, 먼저, 내 방에 들어오기 전에는, 내 방 말고도 다른 사람들의 방들이 줄지어 있었다. 다른 이들의 방과 내 방은 별 다를 게 없어보였다. 그들도 론들과 함께 방을 배정받고 있는 것 같았다.

내가 배정받은 방에 들어갈 때는 이상한 쇠창에 매우 튼튼해 보이는 자물쇠가 걸려 있었다. 밖에서만 풀 수 있는 것 같았다. 그 론들이 자신의 주머니에서 열쇠꾸러미를 꺼내, 자물쇠를 열고, 그들의 주머니에 다시 넣어놓았다.

자물쇠가 열리고 내가 방에 들어가자, 론들은 다시 문을 굳게 잠그고 나가 버렸다. 그리고 내 방 조그마한 책상엔 연필 몇 자루와 지우개 몇 개, 빨간 호출벨, 그리고 책 10권이 쌓여 있었다. 뒤편에는 얇고 작은 이불과 하얀 치약과 칫솔이 전부였다. 정말 한숨 밖에 나오지 않는 이 방에서 생활해야 한다니, 나갈 방법을 고민하는 시간을 좀 더 늘려야겠다는 생각이 들었다.

그 뒤, 난 나도 모르게 거기서부터 여기까지 들고 왔던 그 회색 공책을 다시 한 번 펼쳐보았다. 촤르르르 소리를 내며 펼쳐진 책에는 아까 봤던 것처럼 알아보기 어려운 이상한 수학기호들과 한켠에 작게 쓰인 글을 찾았다. 그리고 나는 다시 천천히 읽어보았다.

"겨우 목만 내밀 수 있는 문과 녹슨 철장, 주인이 주는 건 죽은 벌레가 떠다니는 성장촉진제와 이상한 알약들. 답답한 이곳은 똥이 그득한 양계장이다. 하루에도 철장에 살이 찝혀서 죽어가는 닭들만 해도 몇 십 마리다. 크기가 이상한 계란들. 이러한 곳에서 정상적인 달걀을 낳는다는 건 아무래도 무리일 것이다. 그러한 썩은 계란들은 물티슈 몇 장으로 금세 닦여 금딱지를 붙이고 트럭에 실려 어디론가 간다. 이 답답한 양계장을 살아가는 아니, 공압수용소 M-48 나는 14살 여학생이다.(number) "

확실히 여기 있어보니, 맨 처음에 봤던 느낌과는 사뭇 달랐다. 뭔가 감이 잡히는 내용도 있었고, 아직 잘 모르는 것도 있었다. 내 생각엔 이 사람의 말은 내가 있는 이 방은 양계장이고 주인은 론들을 뜻하는 것 같았다.

죽어가는 닭들? 이건 뭐지? 닭들이 여기에 없으니까, 아마도 닭을 무언가에 비유한 것 같았다. 아마도 이곳에서 힘들어하는 자신의 모습을 닭으로 표현했을지도 모른다. 마지막으로 크기가 이상한 계란들… 이건 도무지 모르겠다. 아무리 생각을 해봐도 우리가 알을 낳는 닭도 아니고 어떻게 달걀을 낳는다는 건지.

아마도 달걀이 다른 무언가를 뜻할 것이라는 생각이 든다. 이 글을 쓴 사람이 누군지는 정확히 모르겠지만, 이 사람은 예전에 내가 지금 쓰고 있는 방에서 생활했었고 그때의 이 사람은 고통스러워했고 매우 힘들었고 나가고 싶어 했다는 것이 느껴졌다. 여기서 날 구해달라는 구원의 메시지 같기도 했다. 이 사람이 힘들었던 것처럼 왠지 모르게 나도 앞으로의 일들이 힘들어질 것이라는 생각이 들었다. 앞으로 어떤 일이 일어날지, 또 내가 어떻게 탈출해야 하는 지도 모르지만, 마음을 굳게 먹자! 라는 생각이 들곤 했다.

시험. 커다란 시험지가 내 닭장으로 왔다. 난 앞으로 이 감옥 같은 방을 닭장이라고 부를 것이다. 그 시험지는 언어 영역, 수리 능력, 외국어 능력 등 각 분야의 시험지가 내 눈앞에 놓여 있었다. 이 시험은 마치 수능 시험 같았고, 아직 14살인 내가 이걸 어떻게 풀 수 있겠는가. 하나도 모르겠어서 일단은 내키는 대로 문제를 풀었다. 그리고는 복제인간, 론들에게 이 시험지를 가져

다주었다. 론들은 내 시험지를 보더니, 다른 사람들의 시험지 통과는 다른 시험지 통에 넣어두었다.

그 뒤, 이상한 종이 울리고 론들이 중앙에 모여 채점을 하고 있었다. 마지막으로 내 시험지를 보더니, RT라는 글자를 크게 적어 빨간 바구니에 넣었다. 그 뒤로도 크게 RT라고 적힌 시험지가 빨간 바구니 속에 많이 들어갔다.

또 다시 이상한 종이 울렸다. 그 뒤 론들이 각각의 방에 가 시험지를 배포하였다. 몇몇은 울고 있고 몇몇 사람들은 론들이 데리고 어딜 가고 있었다. 내 방 앞에 서 있던 론은 말하였다.

"당신은 RT이므로 일주일간 단식 및 지하수용소에 가게 됩니다. 어서 따라오세요."

"네? 지하수용소요? 내가 왜 그곳을 가야 하죠?"

내가 당황한 얼굴로 론에게 물었다. 그러자 론은 나에게 대답하였다.

"당신은 RT를 받으셨기 때문입니다. 당신은 지하수용소에서 일주일간 단식을 해야 합니다. 또한 당신은 일주일 동안 언어 영역, 수리 영역, 외국어 영역 등을 모두 만점을 받아 오시면 됩니다."

나 참, 단식? 먹지 말라니 그게 뭐야. 사람에게 먹지 말라고 하는 건 정말 아니지. 나도 살아야 하는데. 그러자 론이 나에게 페트병의 이상한 물을 주었다. 그러고는 이렇게 말하였다.

"당신은 배가 고플 때 이 페트병의 물을 마시면 됩니다. 이 페트병이외의 음식이나 물은 제공하지 않습니다."

푸른빛의 그 물은 좀 찐득찐득해 보이기도 하고 뭔가 이상한 냄새도 풍겨왔었다. 아마도 이게 그 회색 공책에서 말하던 성장촉진제와 비슷한 것 같았다. 하여튼, 불만 가득한 표정으로 론들을 째려보며 엘리베이터를 타고 지하수용소로 갔다.

"땡-동-땡-동"

이상한 벨소리가 울리고 내가 도착한 곳은 영문 모를 공포감이 들었다. 약간 스산하기도 하고 등골이 오싹할 정도였다.

"여긴 어디야?"

"이곳에 오신 여러분, 조용히 해주시기 바랍니다. 여기는 여러분의 학업능력을 향상시키기 위해서 지하수용소에서 하는 훈련입니다."

여긴 나 말고도 온 사람들이 아주 많았다. 아주 어린 애들부터 고등학생으로 보이는 사람까지 정말 많았다. 여기서 정확히 무엇을 할지는 아직까진 모르겠지만, 뭔가 아주 힘들고 고된 일을 할 것만 같은 느낌이 온다. 그때 한 중학생? 나같이 보이는 학생이 물었다.

"저기요 저 죄송하지만. 여기서 시험을 잘 치면, 여기서 벗어날 수 있나요?"

여길 벗어난다니? 여기가 얼마나 무서운 곳이길래 벗어난다는 말까지 쓰는 거지? 정말 안 그래도 앞으로의 일들이 걱정되어서 죽을 판인데.

"당연하죠. 여러분은 언제든지 올라갈 수 있습니다. 다만, 시험을 잘 친다면 말이죠."

난 앞으로의 일들이 궁금해서 그 관리자에게 물어보았다.

"여기선 뭘 하죠?"

그러자 관리자는 답하였다

"여기는 간단히 말하자면, 지옥 훈련과 같은 것이지요. 다음 단계를 좀 더 빠르게 올라갈 수 있게 훈련을 하는 거죠. 모든 영역에서 최고가 되는 겁니다. 기쁘지 않습니까?"

난 이제 이 사람이 사람처럼 보이지 않아 보였다. 오직 등급, 등급만 외치는 지하수용소 관리자는 이 일에 미쳐 정신을 잃은 것만 같았다.

"자, 여러분은 이곳에서 1시간에 한 번씩 시험을 치게 됩니다. 따라서 여러분은 하루에 모두 24번의 시험을 치게 되는 거죠. 1시간마다 한 번씩 치는 시험은 거부할 수 있으나, 5시간에 한 번씩 치는 점검시험은 무조건 반드시 쳐야 합니다. 각 방은 CCTV로 녹화되고 있으며 론들이 24시간 지켜보고 있으니 절대로 딴 짓을 하면 안 됩니다. 마지막으로 쉬는 시간은 5분 11 : 55분에서 12 : 00까지입니다. 자, 그럼 모두들 행운을 빕니다.”

아, 관리자의 말이 끝나자마자 론들은 내 얇은 팔뚝을 힘껏 잡은 채 어두컴컴한 방에 가두었다. 그러고는 날 세게 방으로 밀고는 자물쇠를 굳게 잠갔다.

“철커덕”

자물쇠 잠그는 소리가 어둡고 조용한 방에 울린다. 난 방 뒤편의 책상에 자리를 잡고 많은 생각들을 하였다. 공부를 하여 S반이 되어 여길 탈출할 것인가, 아니면 직접 출구를 찾아 도망칠 것인가? 결론은 직접 출구를 찾아 도망치는 것이었다. 쥐도 새도 모르게 재빨리 탈출하는 것이 내 가장 큰 목표였다. 하지만 난 아무런 생각도 나지 않았다. 굳게 잠긴 방과 어두운 이곳에서 탈출하기란 하늘의 별 따는 것보다 어려운 일이었기 때문이다. 도저히 답답한 마음을 참을 수 없어 힘없는 다리로 낡은 방바닥을 쾅쾅 내리쳤다.

“쾅－－－－－앙, 쾅－－－－앙”

낡은 바닥에서 메아리가 되어 돌아오는 내 발소리가 너무 크게 만들어졌다. 분명 내가 처음 들어갔던 방에 아무리 발을 내리쳐 봐도 이런 소리는 나지 않았는데… 혹시나 해서 낡은 바닥을 손으로 살짝 들추어 보았다.

“끼이익”

낡은 바닥이 열리는 소리. 혹시나 론들이 들이닥칠까 너무 걱정되고 심장은 쿵쾅쿵쾅거렸다. 열어 본 바닥 밑은 아주 컴컴한 암흑공간이었다. 뭔가 겁나는 마음도 났지만, 진퇴양난이라는 마음으로 서슴없이 내려갔다. 축축하고 이상한 냄새가 나는 곳이었다. 더 내려가 보려 발을 내딛는 순간 론들과 관리자들의 목소리가 들렸다. 너무 놀란 마음에 도망가는 쥐처럼 미친 듯이 올라갔다.

“휴”

기다리고 기다려 11 : 40분이 가까워질 쯤이었다. 쿵쾅쿵쾅 내 심장이 울려댔다. 시간이 가까워지자, 페트병의 물을 방안의 작은 양치용 컵에 담고 책상의 천을 조금씩, 조금씩 뜯어 밧줄을 만들었다. 내가 탈출을 계획한다는 사실을 론들과 관리자가 알게 되면, 나에게 무슨 일이 일어날지 모르기 때문이다. 시간은 점점 흘러가고 탈출 시간 5분 전이 되었다.

"11 : 50"

"11 : 51"

점점 흐르는 시간에 심장은 더 빠르게 울려댔다. 1분마다 바뀌는 그 전자시계가 얼마나 답답하던지, 정말 살 떨리는 시간이었다.

"11 : 52"

"11 : 53"

"11 : 54"

드디어 전자시계가 11:55분으로 바뀌고 지하실수용소에는 경쾌한 종소리가 울렸다.

"띠리리리리리릴 띠리리리리라루-"

종소리가 끝나고 론들과 관리자가 사라지자 난 내 방의 바닥을 열고 작은 틈 사이로 내 몸을 집어넣었다. 살짝 몸을 집어넣고 조심스레 바닥을 닫고 밧줄에 내 몸을 의지한 채 계속 내려갔다.

"퍽"

찢어지는 소리와 함께 나는 저 밑으로 굴러 떨어졌다. 밧줄이 끊어진 것이다.

너무 아팠다. 다리도 욱신욱신거리고 내려올 때 손을 짚어서 그런지 손바닥이랑 팔이 저리다. 여긴 어디지?

주변을 아무리 둘러봐도 여기가 어딘지 알 수가 없다. 인기척도 없고 사람의 손길을 닿지 않은 무엇인가 비밀스러운 공간이었다. 주변을 살피려, 저린 손으로 바닥을 계속 훑어보았다. 내 주변에는 새까만 먼지들 밖엔 없는 것 같았다. 새까만 먼지가 묻어 더러워진 손을 털고 무릎을 세워, 조금씩조금씩 앞으로 나아가 보았다.

"으윽―"

그때 뭔가가 내 무릎에 닿아서 소름을 돋게 했다. 아직도 몸이 부르르 떨린다. 아마도 그건 내가 컵에 담아왔던 성장촉진제가 쏟아진 것일 것이다. 정말 너무 춥고 이젠 엄마, 아빠가 보고 싶어서 눈물이 나온다. 내가 왜 그 도서관에 갔을까? 정말 내 인생에서 가장 후회된 일 중 하나일 것이다.

"덜컥 끼이이이이이이―익"

갑자기 문 열리는 소리가 났다. 순간, 너무 놀라 소리를 지를 뻔했지만, 숨을 참으며, 위기를 가까스로 모면했다. 그때 작은 손전등으로 비치는 빛줄기와 고양이처럼 살며시 걸어 들어오는 한 사람. 체격이 큰 것을 보아, 여자는 아닌 듯했다.

난 급히 옆의 책장 밑으로 몸을 살며시 집어넣고, 고개를 살짝 밖으로 내밀었다. 내 인기척에 눈치를 챘나, 그 남자는 계속 옆을 두리번두리번거렸다. 그러곤 깜깜한 문 밖을 향해 까딱까딱 손짓을 두 번 하였다.

"쿵쿵"

쿵쿵거리는 발자국 소리와 함께 온 몸을 검은색으로 무장한 한 남자가 또 들어왔다. 난 그 두 사람이 손전등을 내가 있는 쪽으로 비출까 겁나, 너무나도 긴장이 되었다. 좁은 책장 안에서 숨도 못 쉬고 억지로 참아가며 계속 앉아서 숨죽여 지켜보고 있었다.

먼저 들어온 남자가 까딱까딱 손짓을 하니, 뒤에 들어온 남자가 기다란 줄을 가지고 창고를 연결하여 무언가 귀로 듣고는 빨간색 빛이 비추는 한 서랍을 열었다.

"삐―삐―삐―삐―"

그 남자는 서랍 안의 버튼을 누르고 커다란 사진기로 서랍 안의 무언가를 찍어 황급히 달아났다. 정말 무서운 순간이었다. 아직도 심장이 망치질을 하고 콧구멍은 벌렁벌렁거린다.

그 사람들이 가고 한 10여 분이 흐르자, 다시 이곳은 정적이 흘렀다. 이제 빛도 보이질 않고 그 누구의 인기척도 들리지 않는다. 시간이 갈수록 마음이 답답해지고 점점 숨이 조여오기 시작했다. 너무 오랫동안 문을 열어놓지 않아서 공기가 매우 탁하고 어지러웠다. 그렇게 한동안 멀뚱멀뚱 앞을 보며 사람들의 인기척을 듣고 앉아 있었다. 하지만 금세 너무 어지럽고 탁한 공기 탓에 그만, 입 돌아갈 만큼 차갑고 딱딱한 바닥에 정신을 잃고 쓰러지고 말았다.

"퍽"

캄캄한 어둠을 지나고 밝은 빛을 쫓아서 몇 분쯤 미친 듯이 달렸을 때쯤이었을 것이다.

"으읍 흐 흑흑흑흡."

멀리에서 누군가의 슬픈 울음소리가 들려왔다. 내가 한걸음, 한걸음 걸을 때마다, 그 사람의 울음소리는 점점 커져만 가서 여러 사람들의 소리로 들려왔고 이젠 귀를 막아야 할 정도로 소음이 되어 버렸다.

내 앞엔 철장에 갇혀 있는 사람들이 있었고 그곳엔 많은 사람들이 울부짖고 있었다. 소리를 지르는 사람도 있었고 힘이 빠져 주저앉아 버리는 사람들도 있었다. 그들은 무슨 일인지 모르겠지만, 앞에 있는 나에게 뭔가 도움을 청하는 눈빛을 보내고 있는 듯했다.

난 그 사람들을 풀어주려 다가갔지만, 금세 옆에 있던 사람들에 의해 쫓겨나고 말았다. 사람들은 모두들 울부짖다 쓰러져 헉헉거리기 시작했고 모두들 숨을 쉬기 힘들어하는 모습이었다.

종이를 찢으며 밖으로 나가려고 온 힘을 다하는 사람도 있었고 그중 몇몇은 쓰러져 일어나지 못하는 사람들도 있었다. 내가 달려가서 잡아주려 했지만, 앞에 있던 사람들이 다시 날 막아 난 저 편으로 나가 있게 되었다.

너무 비인간적이고 잔인한 모습에 난 할 말을 잃고 그 사람들을 피해 달아

나려 했지만, 역부족이었다. 너무 답답하고 화가 나서 소리를 지르고 온 힘을 다하여 그 사람들의 손을 뿌리칠 때였다.

"악!"

내 비명 소리와 함께 난 잠에서 깨었다. 아, 꿈이었나. 다행이다. 내가 언제부터 자고 있었지? 너무나도 섬뜩한 꿈에 식은땀이 온몸을 흘렀다. 식은땀이 말라, 점점 추워져 잠이 깨고 난 다시 두리번거렸지만, 주변에 보이는 건 아무것도 없었다.

정신을 차려보니, 내 외투 안에는 땀에 축축하게 젖은 회색 공책이 있었다. 달빛에 비춰 회색 공책을 다시 펼쳐 읽어보았다. 근데 이젠 앞의 내용은 대충 이해할 것 같았지만, 마지막의 (number) 이 표시는 도무지 내용을 짐작할 수 없었다. 넘버? 숫자? 이 글에서의 숫자는 14살 하고 방 번호 48밖에 없는데, 이게 뭘까? 도무지 알 수 없었다.

"1448. 1448. 1448. 1448. 1448⋯."

계속 되풀이 하고 생각해 봐도 떠오르는 건 없었다. 아, 맞다. 그리고 그 남자 둘은 왜 온 걸까? 뭔가 목적이 있었던 것 같은데, 그게 뭐지? 남자 한 명이 먼저 들어왔고. 그 다음에 먼저 들어온 남자가 손짓을 하니까 남자 한 명이 또 들어왔었어.

그 두 남자는 온몸을 검은색으로 무장하고 있었고 뒤에 들어온 남자가 뭘 막 들고 뭘 눌렀단 말이지. 난 마치 내가 셜록 홈즈가 된 것처럼 차근차근 하나하나 천천히 다시 짚어보았다.

아! 그리고 그 남자가 뭘 눌렀는데 그래! 무슨 비밀번호 같았어. 4자리였을 거야. 아마도 말이지. 근데 그 비밀번호는 뭐지? 그걸 누르고 카메라로 그 서랍 안에 있던 걸 찍고 나갔었어.

카메라로 찍고 나간 걸 보면, 분명 그건 가져가서는 안 되는 물건이었음에 분명해! 난 혼자 계속 탐정놀이를 하고 있었다. 그 물건이 뭘까? 가져갈 수 없고 비밀번호가 걸려 있을 만큼 중요한 물건이었겠지. 난 그것을 알아보기 위해 일어서서, 그 두 남자가 있던 그 서랍 앞에 다가갔다. 내가 앞에 다가서자, 그 서랍은 빨간색 불이 켜졌고 반짝반짝거려 내 눈을 따갑게 했다. 난 그 빨간 불빛이 따가워, 그걸 누르자, 비밀번호를 누르는 게 불쑥 내 앞에 튀어나왔다.

음, 여기다가 뭘 눌러야 하지? 난 일단 아무거나 다 누르기 시작했다. 내 생일부터

"1205"

"삐삐삐"

아닌가? 시끄러운 경적음을 내고 다시 조용해졌다. 그럼 우리 엄마 생일

"0928"

"삐삐삐"

이것도? 그럼 아빠, 동생 , 삼촌, 할머니, 할아버지! 다 눌러보았지만, 역시나, 되지 않았다. 음, 제일 간단한 게 먹힐 수도 있어.

"1234"

"삐삐삐"

아니군. 그럼 뭐하지? 숫자로 쓰일 만한 게. 음. 숫자? 넘버? 아, 맞다 아까 그 번호로 해보자, 여기랑 관련도 있고 회색 공책을 쓴 사람이 여기에 왔을 수도 있는 거고.

"철커덕"

"1448"

"삐−삐−띠리링"

열렸어! 열렸다고! 그래 이 회색 공책과 공압수용소는 아주 밀접한 관계가 있었던 거야!

난 열린 서랍을 끌어당겨 보았다. 하지만, 예상과 달리 그곳엔 그 어떤 무서운 물건도 아주 비싼 물건도 없었다. 그곳엔 갈색 봉투밖엔 없었다.

갈색 봉투. 그걸 열어봤을 땐 작은 글자가 막 적혀 있었다. 잘 안 보이기도 했다. 난 그 갈색 봉투를 창가 쪽으로 가져가 한밤중의 달빛에 비추어 그걸 읽어 내려가기 시작했다.

"한오그룹, 태산그룹, 세강그룹 인재 발명 프로젝트."

으응? 우리나라 3대 그룹과 공압수용소와는 무슨 관계지? 난 계속 읽어 내려가기 시작했다.

"한오그룹 285명, 태산그룹 254명, 세강그룹 193명. 공압수용소 S반 등록 현황 총 740명, 743명 취직, 8명 공압수용소 퇴출."

공압수용소 S반에 가면 우리나라 3대 그룹에 들어가나? 그게 목적인가? 이 S반이란 게? 8명은 왜 퇴출된 거지? 정말 의문투성이었다.

"한오그룹 2,850,000,000원, 태산그룹 2,540,000,000원, 세강그룹 1,930,000,000원, 총 수익액 : 7,320,000,000원."

대박! 무슨 공이 이렇게 많아? 이건 자그마치, 자그마치, 73억 2천만 원? 완전 대박이다. 근데, 이건 다 어디서 났을까? 그렇게 큰 액수는 처음 보았기 때문에 얼마만큼인지 잘 짐작도 되지 않았다.

"사악"

뭔지 모를 의문을 가지고 다음 장으로 넘겼다. 다음 장에는 얇은 연필로 쓴 장문의 편지를 발견했다. 장문의 편지. 작은 글씨로 날려 쓴 필체. 3~4장 정도 되는 글을 난 작은 모기소리로 천천히 읽어나가기 시작했다.

"일 년 전쯤이었을 것이다. 난 '공압수용소'라는 곳에 들어가 더 나은 미래를 위해 공부하겠다는 큰 포부를 안고 들어갔었다. 맨 처음 답답했던 내 방 때문에 스트레스를 받기는 했지만, 다른 동기들도 열심히 할 거라는 생각에 더 굳게 마음먹었었다.

그렇게 한 달이 지나고, 두 달이 지나고, 다섯 달이 지나고, 열 달이 지났다. 그렇게 일 년이라는 짧지만, 긴 시간이 흘러갔고, 어느새 나는 공압수용소 S 반에 들어가 있었고 내가 정상에 오르기 위해 다른 사람을 짓눌러가면서, 그렇게 그렇게 공압수용소의 정상에 올라가 있었다.

하지만 이게 끝이 아니었다. 공압수용소를 벗어나자, 난 어느새 사회인이 되어 있었고 내 생각과 다르게 공압수용소를 1등으로 졸업한 나에겐 사회는 너무나도 편하고 따뜻한 그런 곳이었다. 내가 이 회사에 취직하고 싶으면, 원서를 넣으면, 곧바로 통과되었고, 그뿐만이 아니었다.

회사의 사람들은 나에게 항상 잘해주었고, 심지어 굽실거리는 사람도 있었다. 너무 기분이 좋았고, 내 마음은 항상 들떠 있었고, 마치 내가 왕이 된 것처럼 사람들을 조종했다. 난 비로소 그제서야 공압수용소의 힘을 내 스스로 실감하게 되었던 것이다.

난 밑바닥서부터 올라왔었다. 남들은 교육을 받아, 중급반에서부터 올라가지만, 난 제일 고통스러운 저기 저 밑바닥 지하수용소부터 시작했다. 지하수용소에서의 생활은 정말 지옥이었다. 그곳의 관리인과 론들은 항상 말했다.

"네 옆의 그 사람도 너의 적이고, 그 옆에 사람도 너의 적이야. 네가 이곳을 벗어나기 위해서는 반드시, 저 수많은 사람들을 꺾고 누르면서 올라가야 해."

그땐 난 그게 당연한 건 줄 알았다. 내 옆의 사람도, 그 옆의 사람도, 그 옆, 옆의 사람도 똑같이 행동했기 때문이다. 참 바보같이 난 그 말을 믿었었다. 또, 그렇게 행동해야, 여길 나갈 수 있으니, 난 무엇이라도 하고 싶었다. 그렇게 작은 페트병 3개로 난 한 달을 버텼다. 그건 정말 인간 승리였다. 그 뒤, 지하수용소에서, 온갖 반칙을 다 써가며, 그 감옥을 탈출 할 수 있었다. 그땐, 얼마나 기분이 좋던지 정말 이루 말할 수 없을 정도일 것이다.

아, 그게 끝이었다면, 얼마나 좋았을까? 지하수용소를 벗어나자, 론들은 나를 끌고 지하수용소보다 조금 더 넓은 방으로 들어가 시험지를 주었다. 그곳에서는 지하수용소에서 했던 공부를 기본으로 삼아, 정말 열심히 한 결과, 난 론들의 감독을 받아, 바로 S반으로 가게 되었다. 정말 S반에 가기만 하면, 끝인 줄 알았다. 아니, 끝이라고 믿고 싶었다. 공압수용소의 생활은 사람을 미치게 만들었다. 이젠 내 동료들이 고통스러워하는 것을 보고도, 아무런 감정을 느끼지 못하겠다.

그렇게 난 S반에 와서 열심히, 그리고 지독하게 지금까지 내가 그래왔던 것처럼 동료를 배반하고 꼼수를 써가면서, 난 그렇게 수석으로 공압수용소에서 졸업하게 되었다. 지하 5층 S반 그곳은 공압수용소에서 모두가 가고 싶어 하는 천국 같은 곳이지만, 정작 그곳에 와 보면, 지옥 같은 지하수용소보다 더 힘든 공간이라는 것을 알게 될 것이다. 만약, 지금이라도 이곳을 벗어나고 싶다면, 주저하지 않았으면 좋겠다. 절대로 후회하지 않을 것이기 때문이다.

"난 이미 세상의 주인이 되어 있었고 다시는 그 밑으로 내려가고 싶지 않았다."

그 편지의 마지막 부분에는 작은 글씨로 이렇게 써져 있었다. 난 이 글을 읽고 나서 뭔가 내가 해야 될 것 같은 느낌이 들었다. 이상한 느낌에 끌려

"벌컥"

나도 모르게 난 문의 손잡이를 잡으면서 돌리고 있었다. 깜깜하고 정말 조용한 미지의 공간으로 발을 내딛었다.

"턱"

무섭게 울리는 내 발소리. 이 소리는 곧 온몸에 소름을 돋게 했다. 한 발자국 두 발자국 세 발자국 걸을 때마다 그 소리는 벽에 부딪히고 치여서 날카로운 굉음으로 들려오고 있었다. 그리고 그 소리는 내 신경을 곤두서게 했다.

그렇게 몇 시간은 걸었을라나 점점 다리도 아파져오고 머리도 아파져왔다. 어느새 내가 열고 나왔던 방문은 내 시야에서 사라졌다. 이제 더 이상 돌아갈 곳은 없다. 그냥 계속 빛이 나올 때까지 앞을 향해 걷는 수밖에….

여긴 내가 떨어진 그 방보다 냄새는 물론 바닥까지 이상했다. 천장에선 물이 뚝뚝 떨어져오고 하수구 냄새도 나고 쥐약 냄새도 났다. 특히 바닥은 걸을 때마다 느껴지는 둔탁하고 찝찝한 느낌이 매우 좋지 않았다. 내 짐작으론 여

긴 하수구 같은 곳이었을 것이다.

"뚝뚝"

물이 내 정수리에 닿고 머리카락을 타고 흘러 내 뺨에 닿았다. 매우 차가운 물이었다. 아까부터 저 끝에서부터 차가운 바람이 몰려오기 시작했다. 머리카락이 점점 날리고 머리털이 다 뽑힐 것만 같은 바람이 불어왔다. 시간이 점점 지나자, 걷기가 힘들 정도가 되었다. 그때, 내 손가락 사이로 보이는 조그마한 불빛. 막 달려가고 싶었지만, 지친 마음에 그럴 힘도 없었다.

"터벅터벅"

내 지친 발걸음 소리가 둔탁하게 울리고 다가가면 다가갈수록 사람들의 소리가 들리기 시작했다. 이런 바람 불고 더러운 곳에 사람이 있을 줄이야, 생각지도 못했다. 막 그곳으로 뛰어간 순간 앞에 보이는 작은 팻말에 놀라지 않을 수 없었다. 그 작은 팻말에는

"S반"

이라고 적혀 있었기 때문이다. S반이라 S반. S반 S반이라… 충격이었다.

이건 그래, 이건 말도 안 되는, 말도 안 되는 소리다. 하지만 그곳의 관리자와 론들을 본 나는 기겁을 안 할 수가 없었다. S반은 이런 곳이었구나. 벌레가 들끓고 사람들이 지쳐서 쓰려져 가며 하루는 공부로 시작해서 시험으로 끝나는 생활. 그곳의 학생들은 사람같이 보이지 않았다. 뭔가에 홀린 듯이 미친 것 같았다. 너무 처참한 몰골들이었다. 심지어 다가갈 용기도 나지 않았다. 난 지금 마치 영화를 보고 있는 것 같았다. 이게 다 꿈인 것 같았다. 아니, 꿈이었으면 좋을 것 같다.

그렇게 멍하니, 얼마를 있었는지는 모르겠다. 다리에는 힘이 없고 그 학생들을 지켜보고 있자니, 내 가슴이 다 미어지는 것만 같았다. 스르륵 뭔가 뜨거운 게 내 뺨을 타고 지나갔다. 그건 한두 개가 아닌 계속 흘러내렸다. 그러고는 굳은 결심을 하고 그 학생들을 향해 걸어갔다. 관리자와 론들은 많이 놀란 눈치였다. 하긴, 여길 계속 걸어왔으니, 그렇기도 할 것 같다. 그때 관리자

가 내게 물었다.

"누구십니까?"

"저는 정혜원이라고 합니다."

모든 학생들과 론들과 관리자가 날 쳐다봤다. 그들은 내가 무슨 말을 하려 하는지 무척 궁금해 보였다.

"여긴 어딥니까?"

혹시나 하는 마음에 물었다.

"여긴, 그러니까, 여긴 S반입니다."

그 팻말은 그냥 세워놓은 것이 아니었다. 다시 목을 가다듬고 말했다.

"큼흠끄으"

목을 가다듬을 때였다.

"그러지 마세요. 하지 말라고요. 지금 생각하시는 거요. 하지 말라고요. 저희 안 도와주셔도 돼요. 저흰 여길 졸업해야만 해요. 별 수 없어요. 힘들어도 해야만 해요. 이게 최선이거든요."

난 할 말이 없었다. 그냥 다시 돌아가는 수밖에 없었다. 다시 그 험악한 길을 걸어 그 물 떨어지는 길을 걷고 투벅투벅 내 발소리를 들으면서 나 혼자 외롭게. 그 사람들과 같이 가지 않고 나 홀로 그 길을 다시 걸어야 했다. 다시 바람이 불고 온몸이 추워진다. 그들은 공압수용소를 선택했고 난 내 자유를 선택할 것이다.

가짜 엄마 진짜 엄마

글 정혜원

사람이 항상 모든 사람을 좋아하는 건 아니야. 당연히 취향이 틀릴 수 있고, 얼굴이 다를 수 있고, 네가 하는 방식이랑 정반대인 사람들이 많을 거야. 네가 그런 것들에 예민해지지 말고 또 이해를 해줘야 하는 거고. 세상은 정말로 네가 하고 싶은 대로 될 수가 없어. 너랑 나의 경우처럼 나는 너보다 훨씬 안 좋은 상황이야. 너는 엄마를 한 번이라도 볼 수 있었잖아.

차례

본문으로 가기 전
1. 우리가 사는 이 곳
2. 구세주

본문으로 가기 전

미칠 것 같이 빠르게 뛰는 심장. 나는 미세하게 떨리는 손으로 가방을 집어 들었다. 너무 작다고, 너무 실용성 없다고 계속 그렇게 몇 번이나 가방을 바꾸고 바꾸었는지도 모르겠다. 마침내 결정된 도깨비 얼굴이 그려진 큰 보라색 가방. 학원갈 때 항상 가져가고 던지고 놀던 가방인데도, 왠지 모르게 어색해 보이고, 항상 보는 도깨비의 표정이 더 비열해 보였다. 한마디로 무섭다. 내가 결정한 일인데도 계속 떨리고 두렵다. 나는 지금, 가출하려 한다.

1. 우리가 사는 이 곳

4시 58분. 다른 반은 다 4시 20분에 마쳐서 갔는데, 우리 반은 뭐야. 우리 반 선생님은 항상 우리보고 지각하면 우리가 살인범죄라도 저지른 것처럼 벌주시더니, 막상 자기는 항상 종례 느리게 해서 제일 늦게 보내주면서. 세상은 불공평하다. 어린이가 아닌 어른이면 모든 것이 다 용서되는 세상. 목욕탕에서 샤워기 빈 자리가 없으면 어른들이 쓰고 있는 샤워기가 더 많아도 아이들이 쓰고 있는 샤워기에 가서 쓰는 세상.(잠시만 쓴다고 하면서도 되게 오래 쓰시는 분들도 많다.) 화장실이 비좁아서 '한 줄 서기'로 질서를 지키고 있는데 자신은 급하다며 사람들은 비집고 들어가 버리는 어른들이 꼭 한 명씩은 있어져 버린 세상.(누군 안 급한 줄 아나.) 어느새 우리가 살고 있는 이곳은 자신만을 생각하는, 자신들의 이익만을 생각하는, 다른 사람에 대한 배려심이라고는 눈을 씻고 찾아봐도 없어진 세상이 되어버린 것만 같다. 이런저런 생각을 하다가 문득 고개를 드니 지팡이 하나로 의지한 채 위태롭게 내 앞으로 걸어가신 등이 굽은 한 할머니. 내가 가만히 서서 할머니를 바라보니, 할머니가 지나가는 한 언니에게 말을 건다.

"학생, 상원초등학교는 어디로 가야 하는지 알아요?"

"……………."

"학생…?"

할머니는 언니 얼굴을 보고 말했음에도 불구하고, 그 언니는 노래가 흘러나오는 이어폰을 귀에 꽂고 자신의 스마트폰에 시선을 떼지 않은 채 할머니의 말은 말도 아니라는 듯, 순식간에 지나쳐 버렸다. 그때 문득 생각이 났다. 혹시 내가 저렇게 하고 있지는 않을까… '늙은 사람'이라고 구분해야 할 대상이 아닌 살아가면서 자연스럽게 거쳐 가는 단계인 노인들을 내가 무시하고 있는 것은 아닐까. 나는 왠지 모를 찜찜한 감정에 귀에 꽂고 있던 하얀색 이어폰을 툭 빼고 내 폰을 꺼버렸다.

학교는 4시 58분에 끝났고, 학원은 5시고. 우리 반 선생님도 다른 반 선생님들처럼 일찍 마쳐주시면 학원도 여유롭게 갈 수 있고 '늦으면 어떡하지'라는 걱정 따위는 안 해도 되고 얼마나 좋아. 원래 다른 날 같았으면, "헉, 늦었다. 빨리 가야지. 야, 박세희! 난 간다!"라며 친구들에게 빠르게 인사하고 버스정류장으로 뛰어갔을 테지만, 오늘은 그러고 싶지 않다. 뭐, 2분 만에 뛰어가서 학원에 도착할 리가 없잖아. 아, 그리고 오늘 애들 다 놀러간다 그랬지. 학원이 2개나 1개 밖에 없는 내 친구들은 거의 매일 놀다시피 한다. 오늘도 떡볶이 집에 갈 거란다. 나 못가는 거 알면서 항상 되냐고 물어보는 녀석들을 보면 괜스레 짜증까지 난다. 나도 학원이 없었으면… 아니, 2개라도 좋으니 정말 조금만이라도 줄여 주었으면 한다. 국어, 수학, 사회, 과학 과외는 물론 한자, 영어, 바이올린, 영재 수업까지.(영재도 아닌데 이런 수업을 도대체 왜 들어야 하는 거야.) 그것도 일주일에 가야 되는 날짜 수는 어찌나 많은지. 국어, 수학, 사회, 과학 과외는 주말 빼고 다 가야 한다. 처음에는 못 견디겠다며 자주 수업을 빼먹기도 했지만, 요즘에는 많이 익숙해졌다. 그래도 뭐 정신없고 짜증나고 피곤하고 정말 가기 싫은 건 마찬가지. 어느새 5시 9분. 버스정류장에서 356 버스를 적어도 20분 타고 가면 학원 도착이다. 지금 버스가 올 리가 없지만, 지금 온다고 쳐도 도착시간은 29분. 거의 30분이다. 버스 정류장 벤치에 털썩 앉았다. 예전에 내가 흙탕물을 제대로 밟아서 한 부분만 진한 갈색이 되어 버린 내 하얀색 캔버스 운동화. 그리고 그 밑으로 지나가는 개미 떼들. 개미 떼들은 한 줄로 쭉 서서 과자 봉지를 향해 열심히 가고 있었다. 안에 과자 부스러기가 있나 보다. 너희들은 학원 갈 필요도 없고 공부할 필요도 없겠네. 그러면 스트레스 받을 필요도 없을 거고. 괜히 질투가 나서 과자 봉지를 멀리 발로 툭 차버렸다. 그때 버스 두 대가 연달아서 온다. 시력이 좋지 않아서 버스가 거의 가까이 오고서야 첫 번째 버스는 106번, 두 번째 버스가 356번이라는 것을 알아차렸다. 지갑 안의 교통 카드를 허둥지둥 빼들고 356 버스 안 계단으로 발을 내딛을 때, 등 뒤로 106번 버스에서 내린 사람이 나에게 외치는 소리가 들려왔다.

"뭐야, 박규리. 너 이제 학원 가냐!?"

엄마다. 나는 못 들은 척 버스 단말기에 카드를 툭 대고 좌석에 앉았다. 분명히 밖에서 버스 창문 쪽을 보며 나를 향해 소리 지르고 있겠지.

"엄마가 학원 늦지 말라고 몇 번을 말해!! 너 집에 가서 보자!!!"

아니나 다를까. 희미하게, 아니 버스 창문을 닫고 있었는데도 정확하게 들려오는 엄마 목소리. 얼마나 크게 질렀으면. 학원 늦지 말라고 몇 번을 말하냐고? 학교 담임선생님이 늦게 마쳐주는데 어떡해. 나 말고 선생님한테 따지지 그래요? 그리고, '집에 가서 보자' 난 저 말이 제일 싫다. 이것도 잘못된 우리가 사는 세상의 하나의 예. 다른 사람 앞에서 화 안내고, 괜히 집에 들어가서 문을 열자마자 소리 빽빽 지르며 화내는 부모님들. 친구들과 이야기 하다가 제일 스트레스 받는 잔소리 1위로 뽑혔던 것이 바로 '집에 가서 보자' 였는데… 나는 작게 피식 웃고는 내 이어폰을 꺼내들고 조용히 버스 창문에 어깨를 기댔다.

"우리 딸 잘 갔다 왔어?"

"응…."

"왜 이렇게 힘이 없어! 배고프지, 엄마가 빨리 밥 해줄게."

어라? 학원이 끝나고 힘겹게 집 문을 열었는데 들려오는 엄마의 목소리에 깜짝 놀라고 말았다. 친절한 목소리에 웃는 얼굴까지. 아까 왜 학원 늦었냐고 먼저 혼낼 줄 알았는데 배고프냐며 밥해 준다니… 물론 싫지는 않았다. 엄마가 드디어 딸의 가치를 안 건가. 내가 학원에서 얼마나 힘들지 알게 된 걸까. 다만 갑자기 변해버린 엄마의 성격이 익숙하지 않았을 뿐. 나는 내 무거운 학원 가방을 빼두려고 내 방으로 들어왔다. 툭— 가방을 빼자마자 어깨가 시원하고 날아갈 것만 같았다. 항상 이렇지. 학원이 연속으로 2개인 나에겐 가방이 무겁지 않을 수 없다. 그래서 이렇게 가방을 땅으로 던져버릴 땐 무거운 짐이 나한테서 떨어져 나가는 기분! 나는 갑자기 기분이 좋아져서 책상 위에 올라가 높게 있는 내 방 창문을 확 열었다. 시원하기보단 차가운 바람과 물이 들어왔다. 비가 오나보다. 아까는 분명히 비가 안 왔었던 걸로 아는데… 나는 까치발을 하고 내 손을 뻗어 비가 얼마나 오는지 확인했다. 꽤 굵은 빗방울이 투둑투둑 내 손 위로 떨어졌다. 어느새 아예 손을 물에 담근 것처럼 흥건해진 내 손. 헉, 진짜 비 많이 온다. 나는 서둘러 창문을 닫아야겠다며 창문을 당기는 순간, 까치발을 들고 있던 다리 밑의 책들이 흔들렸다. 덕분에 내 몸의 중심이 창문 쪽으로 쏠렸다. 그리고 정말 믿지 못할 일이 벌어졌다. 무언가에 밀리듯이 난 쑥 창문 밖으로 떨어져 버렸다. 뭐야? 나 죽는 거야?

"으아아아아아아악!!!!!!!!!"
나는 소리를 지르며 무언가에 세게 부딪혔고, 그것은 땅이 아니라 버스 창문… 설마 꿈… 아, 머리아파… 졸아서 버스 창문에 부딪힌 거구나. 무슨 꿈이 이래. 기분 나빠. 그래 뭐, 엄마가 그렇게 친절해질 리가 없잖아. 휴대폰을 꺼내 시간을 보니 6시 48분. 하, 학원시간 5신데 진짜 늦었네. 이미 내려야 할 곳도 한참 지났는데 어떡하지. 벌써 어둑어둑해진 창문 밖을 바라보니 내기 전−혀 모르는 곳이다. 버스 안에 사람은 아무도 없고. 다른 때 같았으면 한참 사람 많을 시간인데 갑자기 아무도 안 타는 것 같아 짜증났다. 내가 이렇지 뭐. 절대로 내 생각대로 되는 일은 없어. 밖을 다시 보니 꿈에서처럼 비도 조금씩 오는 것 같았다. 어휴− 이러다가 종점까지 가는 거 아니야? 휴대폰을 다시 꺼내 확인하니 엄마로부터 온 부재중 전화 두 통. 쳇, 내 걱정은 두 번밖에 안했구나. 왠지 모를 서운함에 나는 무작정 엄마한테 전화를 걸었다. 뚜루루− 뚜루루− 전화 연결 음은 계속 가는데 받지를 않는다. 끊으려고 할 때, 휴대폰 너머로 대답이 들려왔다. 아니, 대답이라기보다는 무작정 소리부터 지르고 보는 말투.
"박규리, 너 엄마가 전화해도 안 받고! 지금 어디야!"

"…버스."

"학원 선생님 전화 오고 난리도 아니야! 왜 아직도 버슨데!"

"잠들어서."

"에휴, 버스에서 졸고 잘하는 짓이다, 잘 하는 짓이야. 빨리 집에 들어와!!"

"근데 나 집에 가는 길 모르겠….."

뚜– 뚜– 뚜– 엄마는 내 말을 끝까지 듣지도 않고 끊어버렸다. 이제 거의 버스 종점인데 어떡해. 길도 모른단 말이야. 심장이 두근거렸다. 점점 심장이 빨리 뛰고 어떻게 해야 될지 모르겠고 머리가 아파왔다. 어쩔 수 없이 엄마한테 다시 전화를 걸었다. 이번에는 전화 연결음이 한번 울리자마자 바로 받는 엄마.

"아, 왜! 빨리 집에 안 들어와?!"

"엄마… 나 집에 가는 길 몰라."

"또 칠칠맞게 내려야 할 곳 놓쳐서 길 잃어버렸나?"

"응. 나 집에 가고 싶어….."

"니 알아서 해라. 학원도 안 가는 애 길 가르쳐줘서 뭐 할라고."

"엄마… 엄마!!!!!"

뚜– 뚜– 뚜– 또 끊겨버렸다. 아, 이제 진짜 어떡하지. 진짜, 진짜 집에 가고 싶다.

2. 구세주

식당 점원에게 부끄러워서 주문도 제대로 못하는 난데 갑자기 어디서 나온 용기인지 나는 자리에서 벌떡 일어나서 버스 기사 아저씨께 길을 물었다.

"여기가 어디죠?"

"이제 곧 종점이다. 와, 엄마 없어졌나?"

"아, 그건 아니고요⋯. 학원에 가야 하는데 졸아버려서⋯."

"지금 내리믄 길 잃어버린다. 종점까지 쪼매만 기다리봐라."

"네⋯? 그러면 늦어서 엄마한테 혼날 텐데⋯."

"내가 도와줄게, 마 앉아 있그라."

"예⋯."

도와줄 사람이 있다는 생각에 조금 안심이 돼서 기사 아저씨 뒷자리에 털썩 앉았다. 차라리 이것도 꿈이었으면 좋겠다. 학원도 늦었고, 보강도 해야 하겠지. 그러면 선생님도, 엄마도 날 혼낼 거야. 난 지금 떨고 있었다. 혼날 생각에, 그 많은 학원 수업을 다시 보강해야 할 생각에. 조금 진정이라도 해야 하는가 싶어서 아까 뺐었던 이어폰을 꺼내 노래를 들었다. 나는 꿈이 가수는 아닌데 노래는 정말 좋아한다. 좋아하는 노래가 하나 생기면, 꼭 하루에 백 번은 넘게 들어서 가사를 다 외워버린다. 화가 나거나 힘들 때, 답답하고 짜증날 때. 노래를 들으면 다 기분이 풀어져버리는 것 같다. 이어폰으로 노래를 들으면 귀가 안 좋아진다고 나에게 충고해 주는 사람이 많았지만 노래가 좋은데 어떡해. 그렇게 계속 노래를 듣고 있었을까, 종점에 도착한 건지, 버스 기사 아저씨가 자리에서 일어나셨다.

"오래 기다렸제, 나가자."

"⋯⋯⋯⋯⋯."

요즘같이 무서운 세상에 원래 모르는 사람은 따라가거나 말 들으면 안 되는데 지금은 예외다. 아니, 예외라고 생각한다.

"여기에 택시하고 많이 지나가그든. 택시 타고 집에 가그라."

"택시는⋯."

"비싸도 그게 지금 뭔 상관이고. 집에 가는 게 중요하제,"

"저 돈이 없어요."

"그라믄 내가 돈 좀 보태줄 테니까 빨리 집에 들어가라."

"아, 네…?"

내 손에 쥐어진 만 원 두 장. 모르는 사람한테 이렇게 많은 돈을 받아도 되는지 모르겠지만 지금은 빨리 가는 게 중요하다. 다음에 꼭 갚겠다고 하자 괜찮다며 웃어주시는 아저씨를 끝까지 졸라서 전화번호를 얻었다. 아저씨는 휴대폰이 없다며 딸의 전화번호를 나에게 불러주셨다. 나는 내 휴대폰에 번호를 저장하고 난 뒤 지나가는 택시를 재빨리 잡았다. 택시 문을 여는 순간에도 계속 고맙다고 인사드렸다. 정말 착하신 분인 것 같다. 나도 크면 저런 사람이 되고 싶네. 택시 아저씨께 우리 집 주소를 말하고 뒷좌석에 기댔다.

'집에 가면 엄마한테 죽었다…'

"네, 저 앞에서 내려주시면 돼요-"

간신히 아저씨가 주신 2만 원으로 택시비를 대체하고 우리 집 앞에서 내렸다. 아직도 우리 집, 12층 집에 불이 켜져 있었다. 괜스레 소름이 돋아서 서늘해진 팔을 손으로 비비며 아파트 현관으로 들어섰다. 추웠던 밖에 있다가 따뜻한 곳으로 들어서니 순식간에 뿌옇게 되는 내 갈색 안경. 나는 안경을 들어 렌즈를 조심스럽게 닦아냈다. 다시 안경을 끼니 앞이 환했다, 마치 어두웠던 방 속에서 빛을 찾은 것처럼. 그러다가 다시 뿌예지는 내 눈 앞. 무언가가 내 눈 앞을 가리는 듯했다. 눈에서 계속 물결이 일렁였다. 마침내, 눈에서 무언가 가 흘러버렸다.

"흐윽… 흡… 흐으… 으…흐흡… 엄… 흑… 마…"

엄마가 보고 싶었다. 지금은 엄마가 너무나도 보고 싶었다. 고개를 숙여 계속해서 눈물을 흘리는가 싶더니 이내 나는 아무 일도 없었다는 듯이 소매로 눈물을 빠르게 닦아내고 엘리베이터 버튼을 눌렀다. 15층에 멈춰 있었던 엘리베이터가 서서히 내려왔다.

'15'

'14'

'13'

'12'

'…'

계속 12층에서 멈춰 있는 엘리베이터. 12층은 우리 집인데. 엄마가 내려오고 있는 것은 아닐까. 혹시라도… '그럴리는 없지만' 혹시라도… 딸인데 날 걱정해 줄 수는 있는 거잖아.

'11'

'10'

마치 등산을 마치고 내려오는 할머니처럼 다시 천천히 내려오는 엘리베이터.

'9'

'8'

'7'

'6'

나는 휴대폰을 꺼내 시간을 확인했다. 7시 43분. 원래 지금 있어야 할 곳은 학원이다, 한자 학원. 그때 내 손에서 작은 진동이 울렸고, 휴대폰을 보니 문자 한 통이 와있었다.

『 애, 학원 안 오냐?
　　　　－ 김정민 선생님 』

김정민 선생님, 한자 학원 선생님이시다. 선생님께 죄송하다고 답장을 보내려다 그만두었다. 내 앞에서 어느새 1층으로 온 엘리베이터 문이 열렸기 때문이다. 오늘 따라 유난히 천천히 열리는 엘리베이터 문. 나는 눈을 꼭 감았다 떴다. 엘리베이터 문에서 금방이라도 엄마가 나와서 내 머리를 때릴 것 같았기 때문이다.

....

"어, 규리 아니야? 얼른 집에 안 들어가고 뭐해?"

내 귀에 들려온 건 화난 엄마의 목소리가 아닌 따뜻한 옆집 언니의 목소리였다. 나는 감았던 눈을 천천히 뜨고 언니에게 가볍게 목례로 인사한 뒤 엘리베이터에 탔다. 언니가 날 이상한 눈으로 쳐다보더니 물었다.

"이제 학원 끝난 거야? 어이구- 요즘 우리나라는 왜 이렇게 애들을 고생 못시켜서 안달인지 모르겠네. 쯧쯧-"

내가 늦은 시간에 엘리베이터를 타는 이유가 학원 때문이라고 생각하나 보다. 나는 쓸쓸한 웃음을 지으며 엘리베이터 닫힘 버튼을 눌렀다. 엘리베이터 문이 닫히면서 옆집 언니의 뒷모습도, 힘내라는 언니의 외침도 서서히 멀어져가고 있었다.

"하. 곧 집이구나."

12층을 누르고 말없이 엘리베이터 전광판을 보고 있으니 또 울컥, 눈물이 나왔다. 날 걱정해 준답시고 내심 엄마가 엘리베이터를 타고 내려오는 줄 알았더니, 그게 아니었다. 아무래도 그 사람은 우리 엄마가 아니다. 정말 확실하다고. 그 어느 엄마가 자식이 통화로 길 잃어버렸다고 그랬는데 전화를 끊어버리겠어?

땡

조용한 엘리베이터 안에 12층에 도착했다는 알림이 울려 퍼졌고 이내 문이 서서히 열렸다. 엘리베이터 문이 열리자마자 보이는 두 갈래길. 이제 오른쪽으로 9걸음만 더 가면 우리 집이다. 그렇게 가고 싶었던 집이었는데, 그렇게 보고 싶었던 엄마였는데, 막상 도착하니 그런 마음이 어디로 갔는지 집 문은 보기도 싫어졌다. 2분쯤을 문 앞에서 가만히 버티고 있었을까, 으슬으슬해져 닭살이 돋은 내 팔을 움켜쥐고는 열쇠를 열고 문을 열었다. 엄마의 반응이 궁금했다. 날 혼낼까, 괜찮냐고 물어보며 안아줄까.

－ 끼익, 쾅

문을 열자 아무 소리도 나지 않는 집. 그리고 몇 초 뒤,

"너 빨리 들어와서 엄마 좀 보자."

3. 가짜 엄마, 진짜 엄마

역시 기대하는 게 아니었나 보다. 엄마가 뛰어와서는 힘들었냐고 안아주기는커녕 문 앞까지 와주지도 않는데, 뭐. 엄마의 부릅뜬 눈을 보며 곧 혼날 생각을 하니 앞이 깜깜해졌다. 나는 느릿느릿 신발을 벗어두고 현관문을 열어 집안으로 발을 내딛었다.

집이다. 아까 버스 안에서 정말로 그리웠던 곳, 이대로 버스 안에서 죽는 건 아니냐는 생각도 했는데. 하지만 막상 집에 도착하니 기쁘지만은 않은 것 같다.

"박규리 지금 엄마랑 장난해?"

"….."

"너 왜 늦게 왔는지 말해."

"아까 말했잖아, 좀."

"엄마한테 말버릇이 그게 뭐야? 그리고 엄마가 일찍 자랬지. 그렇게 늦게 자니까 잠이 와서 버스 같은 곳에서 자는 거 아니야?"

"….."

"대답 안하나!"

많이 화난 듯한 엄마 목소리. 대답하고 싶지 않다. 다 잔소리잖아. 이제 곧 나한테 학원 보강이나 가라고 하겠지. 다른 엄마들처럼 나한테 다친 곳은 없

냐고 물어보면 안 되는 거야? 나한테도 걱정이란 건 좀 해줄 수 없는 거냐고. 엄마와 딸로써 서로 걱정해 줄 수는 있는 건데.

"학원은? 다 빠졌지?"

"어."

"어이구, 대답은 잘하네. 잘하는 짓이다."

"엄마가 대답하라며. 대답하라고 할 땐 언제고."

"말투 고쳐라. 박규리 네가 지금 칭찬받고 있는 줄 아나."

"…."

"지금 학원 보강 갔다 와라."

뭐?

"지금 8신데 학원 보강을 가라고?"

"그럼 가야지, 안 가나?"

"지금 진짜 배고프고 힘들어."

"네 혼자 밥 다 해먹어라."

폭발했다. 나도, 가슴 속에 꾹꾹 눌러두었던 모든 것을 말해버릴 때가 온 것만 같다. 못 참겠다고.

"엄마 진짜 맞나."

나 혼자 밥해먹으라고 말한 뒤 뒤돌아서 안방으로 가던 엄마가 멈칫- 움직임을 멈춘다.

"뭐?"

"진짜 박규리 엄마 맞냐고. 박규리 엄마면 박규리 걱정도 해주고 괜찮냐고 물어도 봐주고 딸이 길 잃어버렸다고 하면 데려다 주거나 길 가르쳐주는 게 엄마 아니야? 나 주워온 딸이야? 애들은 엄마가 항상 집에 오면 잘 다녀왔냐고 먼저 물어봐준대, 나는? 왜 집에 오면 매일 학원 숙제는 했냐고 물어봐?"

"……."

"내가 싫은 거야? 뭘 어떻게 해야, 무슨 일을 해야 엄마가 날 좋아해 줄 건

데? 아, 학원 숙제 매일 잘하고 학원 선생님한테 칭찬받아오면 나 좀 좋아해
주려나?"

"…박규리."

"난 말이야."

"…."

"가짜 엄마, 난 말이야."

"…후…."

"…정말…."

"…."

"정말로 보고 싶어."

"…."

"진짜 엄마가."

엄마는 말없이 초점 없는 눈으로 계속 날 보고 있었다. 저런 눈빛도 싫다.
마치 나한테 잡소리는 집어치우고 학원이나 가라는 눈빛 같아.

"박규리."

날 조용히 부르는 낮은 음조의 엄마 목소리.

"…."

…엄마가, 내 가짜 엄마가 가짜 자식에게.

"나가."

"…뭐?"

"그렇게 싫으면, 나가."

"…."

"이 집에서 나가."

그 마지막 말을 뱉어내고 엄마는 안방으로 쿵- 소리를 내며 문을 닫고 들
어가 버렸다. 피식- 웃음밖에 나오지 않았다. 엄마가 미웠다. 다 싫었다. 다
때려치우고 싶었다. 나도 내 방 문을 열고 더 크게 문을 닫았다.

"쾅!"

큰 소리가 들리고 곧 우리 집은 아주 고요해졌다. 딴 생각을 하고 싶었다. 하지만 내 귀에 울리는 소리라곤 '나가'라는 엄마의 차가운 말. 진짜, 진짜로 엄마가 나한테 집을 나가라고 했다. 마치 드라마에서 보던 위험한 순간마냥 내 머릿속은 무거운 배경음악이 들리는 듯했고 이마에선 계속 식은땀이 흘러내리고 있었다. 침대에 앉아 무릎을 끌어당겨 얼굴을 묻었다. 그렇게 십 분 가량 가만히 있었다. 엄마는 뭐 하는지 집에는 나밖에 없는 것처럼 아무 소리도 나지 않았다. 난 벌떡 일어났다. 이젠 내 귀에서 '나가'라는 소리도, 이상한 배경음악도 들리지 않았다. 대신, '집을 정말 나갈 것이다'라는 생각만 머리를 채울 뿐이었다. 시계를 보니 8시 22분. 시간이 없다. 9시까지 준비를 다 마쳐야 한다. 최대한 빨리 나가버리고 싶었다, 이 답답한 공간을, 이 무서운 곳을.

미칠 것 같이 빠르게 뛰는 심장. 나는 미세하게 떨리는 손으로 가방을 집어 들었다. 너무 작다고, 너무 실용성 없다고 계속 그렇게 몇 번이나 가방을 바꾸고 바꾸었는지도 모르겠다. 마침내 결정된 도깨비 얼굴이 그려진 큰 보라색 가방. 학원갈 때 항상 가져가고 던지고 놀던 가방인데도, 왠지 모르게 어색해 보이고, 항상 보는 도깨비의 표정이 더 비열해 보였다. 한마디로 무섭다. 내가 결정한 일인데도 계속 떨리고 두렵다. 나는 지금, 가출하려 한다.

나는 살금살금 내 방 문 쪽으로 가서 귀를 대보았다. 엄마가 분명히 있는데도 집 안에는 나만 있는 것마냥 고요했다. 돈은 집에 충분히 없으니까, 내 통장을 가져가서 출금한 돈으로 사용하는 게 좋겠지. 내가 어렸을 때, 일본 여행을 가고 싶다고 엄마에게 떼써서 만들어낸 내 통장.

"이걸로 규리도 열심히 돈 모으고, 엄마도, 아빠도 돈 모아서 일본여행 가자?"

"오, 좋은데? 엄마도 열심히 모아!"

"참나, 엄마 걱정은 말고 너나 잘 하세요. 큭큭."

이렇게 만들어낸 통장이 일본여행은커녕 가출을 위해 쓰이는 돈이 될 줄은 누가 알았겠는가. 음, 내 통장을 어디 나뒀더라. 안방… 안방이라면… 엄마가 아까 들어갔던 방인데. 어떡하지, 엄마가 보는 눈앞에서 통장을 가져가라는 거야? 안 되는데, 엄마가 가출한다는 거 알면 날 가만 놔두지 않을 거야.

아니야, 아무것도 아닌 척 가져가면 되지, 뭐. 왜 가져 가냐고 물으면 준비물 사야 하는데 돈이 없어서 내 통장에 가져간다고 하면 되잖아. 당당하게, 아무 일도 없는 것처럼. 뻔뻔해지자, 박규리.

– 끼이익

내 딴에는 조심스럽게 문을 열었는데 소리가 꽤 컸다. 안방 문을 열고 고개를 빼꼼히 내밀었다. 엄마 얼굴이 보이지 않았다. 안방 안의 침대가 이불로 덮여 있고 그 안에 누가 들어 있는 듯했다. 엄마가 누워 있나 보다. '쳇, 그러라지'라는 생각으로 어디서 나온 자신감인지 일부러 발을 쿵쿵 거리며 엄마가 누워 있는 침대 옆의 서랍으로 걸어갔다. 무릎을 굽혀 두 번째 서랍을 열었다. 엄마가 항상 저금해 주겠다며 이 두 번째 서랍에서 꺼내주던 그 통장을 낚아채듯이 집어 들었다.

"…."

꽤 큰소리가 났는데도 엄마한테 반응이 없었다. 모르는 척하는 거야, 진짜 자는 거야? 예전 같았으면 문만 열어도 '우음.'이라는 소리를 내고 눈을 비비며 일어났을 사람인데 이렇게 옆에서 소란을 피워도 미동조차 없으니 어색했다. 그럼 어때. 어차피 가짜 엄만데, 뭐. 나는 엄마 위에 덮여 있는 이불을 살짝 흘기고는 안방을 나왔다. 내 손에 들려 있는 통장을 가방 안으로 쑤셔 넣었다. ATM 기계는 우리 집 앞에 있으니까 나중에 출금하면 될 거고. 비상식량도 챙겨야 되는가? 필요 없겠지? 어차피 통장에서 돈 많이 빼면 식비 걱정은 없을 거야. 그냥 내 통장만 믿자. 지금 믿을 건, 이 통장밖에 없으니까….

4. 家出 [가출]

모든 준비가 끝났다. 입을 옷, 휴대폰, 휴대폰 배터리, 배터리 충전기, 손목시계, 이어폰, 통장. 준비물을 챙기고 나면 가방이 되게 빵빵해질 줄 알았더니, 꽉 차기는커녕 반도 채워지지 않은 것 같다. 준비물은 꽤 빨리 챙겼는데 이것저것 생각을 많이 하다 보니 시간이 많이 걸린 것 같았다. 그래도 예상 출발 시간은 안 늦었네. 내 예상 출발 시간은 9시이고, 지금은 8시 52분. 슬슬 출발해야지. 신발장으로 가서 많이 걸을 수도 있으니까 등산할 때 쓰는 등산용 신발을 찾아 신었다. 신발장 앞의 거울이 내 얼굴을 비췄다. 아빠 손잡고 여행가는 아이마냥 등에 가출 가방을 메고 희미하게 웃고 있는 내 모습이 비춰졌다. 지금 나는, 내 겉모습처럼 기분이 좋은 게 맞는 걸까? 한쪽으로는 찜찜하기도 하고, 한쪽으로는 날아갈 듯이 기분이 좋다. 거울 안의 내가 나한테 계속해서 꼬치꼬치 캐묻는 것만 같아서 거울에서 눈을 거두고 신발을 고쳐 신은 뒤 문고리를 잡았다.

차갑다. 이제 난 이 문만 열면 해방이다, 박규리. 엄마, 우린 언제부터 이렇게 추운 겨울바람 때문에 차갑게 식은 문고리처럼 이런 사이가 된 걸까. 솔직히 말해서 돌아가고 싶다. 예전의 엄마가 싫었던 것도 아니고, 내 모든 친구들한테 자랑할 수 있을 만큼 좋은 엄마였다. 예전의 내 진짜 엄마가, 지금의 내 가짜 엄마가 아닌 진짜 엄마가 그리워졌다. 엄마도 가짜 자식보단 진짜 자식이 더 그립지 않을까?

난 잠시 생각하다가 신발을 벗고 다시 집으로 들어왔다. 가출을 하지 않겠냐고? 아니, 그건 아니다. 나는 내 방에 들어가서 초록빛이 도는 포스트잇 한 장을 떼서 바로 옆에 있던 파란색 펜을 들어 천천히 써내려가기 시작했다.

'엄마, 진짜 자식이 찾고 싶지?

나도 진짜 우리 엄마가 그립다.

나는 내 진짜 엄마 찾으러 갈 거니까

엄마도 진짜 딸 찾으러 가

아까는 엄마한테 이 사실을 들키면 안 된다고 생각했었는데 어차피 알게 될 거, 미리 말해 두는 게 나을 거라고 생각해서 편지를 쓰게 되었다. 마지막에 '엄마의 가짜 딸 박규리 올림'이라고 적으려다가 펜을 내려두었다. 손목시계가 9시라는 것을 보여주었기 때문이다. 나는 급히 그 초록색 포스트잇을 거실 테이블 위에 붙여두고 다시 신발을 신은 뒤 차가운 문고리를 잡고 밖으로 나갔다.

"호-, 호-"

너무 춥다. 이럴 줄 알았으면 장갑도 끼고 올 걸. 목도리 하니까 목만 따뜻하고 이게 뭐야. 집 앞의 ATM 기계로 가는 길, 할 것도 없어서 휴대폰을 만지다가 엄마 전화번호를 스팸 전화번호로 저장해버렸다. 가출하는 동안은 연락하고 싶지 않다. 집에 없는 동안에도 학원 가라는 잔소리를 듣고 싶지는 않단 말이야.(집에 없어도 문자로 꼬박꼬박 학원 시간을 다 알려줄 것 같은 느낌이 들었다.) 나는 휴대폰을 주머니에 넣고 난 뒤, 손이 너무 추워서 입김을 불면서 걸어갔다. 계속 입김을 불어주다 보니 추위가 익숙해져 갈 때쯤,

"어? 규리? 박규리!"

어떤 밝은 목소리가 가까이서 날 불러왔다. 나는 몸을 돌려 목소리의 주인공을 찾으려 했지만 아무도 보이지 않았다. 두리번두리번거리고 있었는데 큼지막한 손이 내 두 눈을 가린다. 큼지막한 손? 크크, 세희다.

"으악, 누구야. 박세희지."

"기집애, 손만 봐도 알 정도로 날 좋아하는구나."

"웃기지 마, 내가 널 왜 좋아하냐? 크큭."

"이거 봐, 웃는 거 보니까 나 좋아하는 거 맞다니깐-."

"시끄러, 땅콩아! 푸하하!"

"박규리. 아, 아니다. 오늘은 이 언니가 기분이 좋으니까 참아줄게. 아, 근데 어디 가는 길이냐?"

어디 가는 길이냐고 묻는 세희. 으음, 뭐라고 설명해야 하지? 제대로 말하는 게 나을까? 괜히 말하면 안 되는 것 아니야?

"어, 어? 나 지금 바이올린 학원."

바이올린 학원에 간다고 대충 둘러댔다.

"바이올린 학원 원래 이 시간에 가냐? 왜 이렇게 늦게 가? 바이올린은 또 어디 있고?"

아, 그래 지금 벌써 8시가 넘었는데 내가 뭐라고 한 거야. 역시 나는 거짓말을 못한단 말이야.

"그, 그거 있잖아. 보강. 나 저번 주 수요일에 못 가, 갔었잖냐! 바, 바이올린은 학원에 놔두고 왔고."

"그래? 뭐, 내일 보자. 내일 돈 가져와라! 떡볶이 먹자!"

"응. 잘가!"

그렇게 세희가 빙그르르 뒤로 돌아 손을 흔들며 뛰어가 버렸다. 에휴. 이럴 때 박세희 눈치 없는 게 도움이 되네. 다행히 거짓말을 넘기고 세희를 보냈다. 막상 박세희가 가고 나니까 옆자리가 허전하네. 나는 추워서 서늘해진 몸 때문에 어깨를 잔뜩 모으고 뒤에 있는 파란색 벤치에 앉았다. 고개를 살짝 드니 눈이 녹아 물이 된 곳에 내 얼굴이 비쳤다. 어, 나도 모르게 손톱을 물어뜯고 있었나 보다. 이상하다. 난 한 번도 이런 버릇이 없었는데. 초조한 듯이 손톱을 물어뜯고 있는 내 모습을 보니 한심하다는 생각이 들었다. 내가 결심한 일인데 이렇게 약해지면 안 된다. 나는 고개를 절레절레 흔들며 손을 입에서 떼고 주머니에 폭 넣었다.

그러자 손에 느껴지는 차가운 감촉, 내 휴대폰이다. 분홍색 케이스가 씌워진 휴대폰을 꺼내들고 잠금을 푸니 부재중 전화? 문자? 그런 건 없었다. 나는 그냥 메뉴 버튼을 눌렀다. 엇— 또 이렇잖아? 내 휴대폰은 자주 이랬다. 터치가 잘 안 된다. 오른쪽으로 밀면 왼쪽으로 밀어지고. 그러니까 그냥 반대로 터치가 되는 경우가 자주 생겼다. 아무래도 내가 칠칠맞아서 폰을 많이 떨어뜨려서 그런 건가… 나는 할 짓도 없어서 장난문자나 할까, 하고 '문자' 어플리케이션을 클릭했는데 이거 봐, 이거 봐. 다른 어플리케이션이 켜졌다. 이렇게 터치가 잘 안 될 때마다 얼마나 답답한지…. 난 전화번호부를 보고 싶은 게 아니라 문자를 하고 싶다고, 문자를! 아휴, 짜증나. 나도 곧 친구들처럼 휴대폰 최근에 나온 걸로 바꿀 거야.

나는 이왕 전화번호부를 누른 거 끄기는 귀찮아서 쭉 내 폰에 저장되어 있는 번호들을 보았다. 총 176개의 번호들. 중학교 1학년 친구들, 6학년 친구들, 5학년 친구들, 학원 친구들, 선생님들, 아는 언니들, 그리고 가족. 저장된 번호는 많은데, 내가 지금 전화할 수 있는 곳은 어딜까? 도와달라고 연락할 수 있는 번호는… 누구의 번호일까? 다시 전화번호부를 맨 위로 올려서 하나하나 이름을 확인했다. 어딜 봐도 내가 '가출했어요, 도와주세요'라고 말할 곳은 없었다. 내가 의지할 곳은 없었다. 애꿎은 휴대폰 액정만 툭툭 치면서 내 전화번호부의 번호를 계속 보고 있을 때,

'아저씨'

그 많던 번호 중에 '아저씨'라는 이름의 번호가 보였다. 검은 배경에 비추는 빛처럼, 그 번호만 유난히 빛나는 것만 같았다.

5. 도와주세요

내가 오늘 버스에서 졸아서 길을 잃어버렸을 때, 친절하게도 나를 집까지 갈 수 있게 도와주신 버스 기사 아저씨. 나는 그 번호를 본 순간 아무 생각도

없이 통화 버튼을 눌러버렸다. 나는 정말로 집이 아닌 밖에서 있는 그 1분 1초가 너무 외로웠고 슬펐기 때문이다. 가출이 내가 결정한 게 아닌 것처럼.

뚜루루

내 휴대폰 너머로 연결음이 울렸다. 뚜루루, 뚜루루. 이 전화를 받으면 무슨 말을 해야 하지, 인사는 어떻게 하지, 상황 설명을 해야 하는지, 그런 생각은 하지도 않았다. 그냥 전화를 받기만 해줬으면 좋겠다는 생각이 들었기 때문이다.

― 뚜루루루 뚜루루루 뚜루루루

그렇게 계속해서 울려대는 신호음.

'연결이 되지 않아 삐 소리 후 소리샘으로 연결됩…'

나의 소원과는 반대로 결국 받지 않는 아저씨. 그래도 난 살고 싶다. 이렇게 벤치 의자에서 자고 싶지는 않다고. 다시 통화 버튼을 꾹 눌렀다.

뚜루루루 뚜루루루 뚜루루루

다시 익숙한 신호음이 내 귀에 들리고 나는 가만히 눈을 감아 '여보세요?'라는 대답이 들려오길 기다렸다. 폰이 안 꺼진 것만 해도 어디야, 괜찮을 거야. 곧 받으실 거라고.

뚜루루…

하지만 또 끝까지 받을 때까지 기다려 봐도 들려오는 건 통화 신호음뿐이었다. 아, 나 이제 진짜로 벤치에서 자는 건가. 지하철 바닥에서 신문지 깔고 자면서 다른 사람들의 시선을 다 받는 그런 노숙자랑 다를 게 없잖아. 이렇게 내가 노숙자가 될 줄 알았으면 제대로 계획 세우고 올 걸 그랬어, 진짜. 아아, 아니야. 이렇게 가출 1일 만에 무너지기 싫어. 나는 정신 차리고 다른 방법을 알아보기 위해 통화 종료 버튼을 누르려고 손가락을 뻗었을 때,

"여보세요?"

휴대폰 너머로, 누군가의 목소리가 들려왔다.

갑자기 들려오는 대답에 당황한 나는 아무 말도 못하고 있었다. 아니야, 이

러면 안 되는데! 그렇게 내가 다시 정신을 차리고 상황설명을 하기 위해 입을 휴대폰 가까이 했을 때,

"누구세요?"

어떤 여자의 목소리가 들려왔다. 음? 분명히 '기사 아저씨' 전화번혼데… 분명히 남자셨어. 나는 또 그 목소리 때문에 당황해서 입이 떨어지지 않았다.

"전화 잘못 거셨나 보네요, 끊겠습니다."

내가 아무 말 없이 있자 따뜻하고 포근한 여자의 목소리가 다시 들렸고, 끊는다는 소리를 들은 나는 놀라서,

"안 돼요!!!"

전화가 끊기지 않도록 다급하게 소리친 뒤에서야 나는 정신을 차렸다.

"누구시죠?"

"아, 전… 버스 기사 아저씨 번호로 건 사람인데요."

"네."

"…."

"아, 혹시 356 버스 운전하시는 기사님 말씀하시는 거예요?"

"네…."

"제가 그 아저씨 딸인데요, 볼 일 있으신가요?"

아, 맞다. 아저씨는 휴대폰이 없다며 자기 딸의 전화번호를 나에게 불러주셨던 기억이 그제서야 났다.

"아, 저 그게… 잠시 아저씨 좀 바꿔주실 수 있으세요?"

나는 용기 있게 그 언니에게 말했다.(내 입장에서는 되게 용감한 행동이다.) 언니는 잠깐 기다리라고 말하더니 사라진 듯했다. 몇 초 뒤,

"여보세요?"

익숙한 그 아저씨의 목소리가 들렸다.

"안녕하세요, 아저씨!"

나는 공손하게 먼저 인사부터 드렸다.

"허허, 오랜마이네. 그때는 잘 들어갔나?"

"네!"

도와달라는 말을 하려고 전화를 걸었다는 것도 잠시 잊은 채 헤헤 웃다가 정신을 차리고 아저씨께 말했다.

"아, 근데요, 저 좀….."

"응?"

"저번에 도와주신 거 정말 감사했어요. 염치없지만… 한 번만 더 도와주시면 안 될까요…?"

6. 죽음

"뭘 그래 눈치 보면서 말하노─ 내는 언제든지 환영이다."

와, 이번 듣는 사람 기분 좋아지게 만드는 구수한 사투리가 들려왔고 나는 마치 아저씨가 내 앞에 있는 것처럼 머리를 연신 숙여가며 말했다.

"감사합니다, 감사합니다!"

"마, 원래 도와가면서 사는기다. 또 길 잃어 버렸나?"

"아니요, 그게… 저….."

"말해 보그라."

"가출했어요….."

"…."

잠시 동안 정적이 흘렀다. 그 어색한 순간을 깬 건 다름 아닌 아저씨였다.

"그래가꼬 잘 곳이 없다, 그거가?"

내 결론은 그게 맞긴 한데 막상 재워달라고 직접적으로 말하려니까 입을 못 떼겠다. 저번에 택시비로 받았던 돈도 못 갚아드렸는데, 이런 것까지 부탁하는 건 너무 심한가. 우리가 가족도 아니고… 아아– 바보다, 바보. 박규리 바보. 아무 생각도 없이 말만 다 해놓고 끝나고 나서 후회하고 있어, 진짜. 예전부터 세희가 나한테 말한 적이 있다.

'니는 좀 생각하고 말해, 바보야.'

'시끄러, 기집애야– 너나 잘하세요.'

그렇게 세희가 충고해 주었을 때 나는 장난스럽게 넘겼었는데, 그때부터 내가 버릇을 고쳤어야 했다고! 일단 나는 아저씨 전화부터 어떻게 해야겠다고 생각해서 다시 휴대폰으로 시선을 돌렸다.

"아, 생각해 보니까 괜찮아요. 저번에도 크게 도와주셨는데 이번에도 도움받는 건 너무 염치없는 것 같아요."

"뭐라카노– 개안타. 주소 불러 줄 테니까 이쪽으로 온나. 혹시 모르겠거나 길 잃어버렸거든 다시 전화하고."

"….."

"알았제?"

"….."

아저씨께 대답을 드려야 하는데 입에서 말이 나오지 않았다. 너무 기뻐서, 너무 고마워서… 그리고, 슬퍼서… 엄마나 가족이 아닌 다른 사람한테 고마워서 눈물 흘리는 게 너무 슬퍼서.

"뭐꼬, 자나? 왜 대답이 없노."

"아니에요… 흐… 감사합니다."

"니 우나?"

"아니요! 울 일이 뭐 있다고…."

나는 눈물을 닦고 목소리를 높여 대답했다.

"왜 이렇게 목소리가 우는 것 같노. 니 월성동 알제?"

"네, 알아요!"

"거기에 푸르지오 아파트라고 아는가?"

"…거기가 어디죠?"

"대구은행 있다 아이가, 거기 옆에 있다."

"아, 알겠어요."

"그래, 카면 지금 오는 거가?"

"네. 지금 뭐 할 짓도 없고…."

"크하하, 그래 알았다. 끊는데이"

– 뚝.

갑자기 전화가 끊기고 나는 아픈 허리를 꾹꾹 눌러주었다. 고개가 뒤로 젖혀져서 그런지 눈을 뜨니 보이는 것은 검은색 하늘. 듬성듬성 아파트 불빛 때문에 완전히 까맣지는 않은 것 같다. 이제 새벽이 되면 까맣게 되겠지. 희미한 불빛 있는 검은 하늘이 나를 보고 놀리는 것만 같았다. 외톨이라고. 나는 검은 거리를 걸을 때 비춰 줄 불빛 하나 없는 아이라고. 그렇게 가만히 하늘을 보고 생각하다가 피식 웃고는 오래 앉아 있었던 그 벤치를 떠났다.

'여기가 대구은행이니까…'

엄마랑 자주 같이 갔던 대구은행 위치를 곰곰이 되새겨보면서 걸었더니, 정말로 대구은행을 찾았다. 길치인 내가 이런 것도 찾다니. 놀랍네! 마치 내가 많이 자란 것 같은 기분이 들어서 뿌듯했다. 대구은행을 놀리듯이 가볍게 지나가자 바로 보이는 아파트. 아파트 옆에 '푸르지오' 라는 글자와 풀 문양이 새겨져 있었다. 우와, 잘 사시나 보다. 아파트가 거의 다 높고 고급스럽게 생긴 것 같았다. (내가 못 사는 건가.) 서울 온 시골촌놈처럼 아파트 구경만 하다가 이내 내가 몇 동인지 묻지 않았다는 걸 깨달았다. 아, 다시 전화 드려야겠네. 그렇게 휴대폰을 다시 꺼내듦과 동시에 전화가 왔다.

'기사 아저씨'

에구, 받아야겠다.

"여보세요?"

"몇 동인지 말 안해 줬지?"

어, 아저씨의 사투리가 아닌 부드러운 여자의 목소리가 들려왔다. 아까 처음에 받았던 아저씨의 딸 언닌가 봐.

"네!"

"우리 아빠가 원래 그런 거 잘 잊어버리셔, 큭큭. 108동 305호야."

"네, 감사합니다!"

"아, 잠깐만."

"네?"

"이름이 뭐야?"

"…박규리에요!"

"규리? 이름 예쁘네."

"헤헤, 아니에요."

"그래, 규리야. 일단 빨리 와!"

"네!"

그렇게 전화가 끊기고 다시 내 주위가 조용해졌다.

'규리? 이름 예쁘네-'

'그래, 규리야. 일단 빨리 와!'

계속 포근하고 따뜻하게 말하는 언니의 목소리가 내 귀를 맴돌았다. 진짜 친언니 같다. 히히. 어렸을 때, 외동딸이었던 나는 항상 엄마에게 언니를 만들어 달라고 말했다. 가족이 한 명 더 생긴다 하더라도 동생이 생기는 것도 모르고 철없이. 그런데 어느 날, 엄마가 내 동생을 낳으셨다. 그 아이가 나보다 어린 것을 알고 동생이 싫었던 나는,

'규리야, 엄마 시장 갔다 올게. 빨리 올 테니까 동생 잘 보고 있어야 된다.'

'네.'

― 쾅

엄마가 우리 집 문을 닫기와 동시에 나는 내 동생을 째려봤다. 장난감 하나를 입에 꼭 물고 날 보고 있는 내 동생. 자신이 배고프다는 걸 말할 때마다 바지를 잡고 흔드는 버릇이 있는데, 지금 그 짓을 나한테 하고 있다. 아, 뭐야. 돼지다. 맨날 이래. 내가 짜증스럽다는 듯이 다리를 흔들자 바지 끝을 더욱 세게 잡는다. 더 세게 다리를 흔들자 뒤로 넘어져버린 동생. 내가 무섭게 노려보자 동생은 눈 끝에 눈물을 그렁그렁 달고는 나에게 다가와서 다리를 할퀴었다. 겨우 9살이었던 나는 확, 짜증이 나서. 너무 짜증이 나서 엄마가 항상 이놈에게 태워주었던 분유에 콜라, 사이다는 물론이고 집에 있는 모든 약이라곤 약을 다 넣었다. 엄마가 드시는 알약까지 서툴게 부숴가며 다 넣었다. 물론 이때는 장난스러운 마음으로, 그냥 까불지 말라는 협박 아닌 협박이었다. 내가 그걸 가져오자마자 미친 듯이 달려오는 동생이란 놈. 진짜 돼지 같다.

"우아아."

조그만 입을 오물거리며 나한테 말하는 그 아이. 지가 기분 좋을 때마다 쓰는 쳇, 귀여운 척은.

"야야, 이거나 마셔라."

내 바지 끝을 잡고 늘어지는 동생 놈을 발로 툭툭 밀고는 그 이상한 것을 내밀었다. 색깔도 이상하고 냄새도 이상한데, 이 자식은 왜 이렇게 좋아하는 건지. 헤헤 웃으며 내 손에서 병을 뺏듯이 가져가고는 벌컥벌컥 마신다. 그렇게 맛있게 먹은 동생은 곧 2분쯤 뒤,

거실 바닥 위를 데굴데굴 구르기 시작했다.

"야… 야!! 왜 그래!!!!"

"엄ㅁ…ㅏ,… 엄마…."

날 엄마라고 생각하는지 계속 날 보며 엄마라고 외치는 동생. 입에서 자꾸 이상한 걸 내뱉으며 캑캑거린다.

"야, 진짜… 장난치지 말라고…."

5분 정도 계속 그렇게 울며 캑캑 거리고 토해낼 때, 갑자기 울음소리가

멈췄다.

"휴, 다행이다. 괜히 저거 또 장난치는 거였구먼."

나는 다시 짜증내기 위해서 천천히 동생에게 다가갔다. 실성한 사람처럼 가만히 누워 있는 동생. 장난 한번 진짜 많네, 죽는 줄 알았잖아. 손끝으로 툭툭 치자 미동도 없다. 진짜 돼지도 아니고. 먹고 바로 또 자냐? 나는 한 번 더 툭툭 쳤다.

"야, 일어나라고."

또 동생이 죽은 햄스터마냥 가만히 누워 있자 슬슬 불안해지기 시작했다. 그리고 내 마음속에 나타나서는 안 될 상상들이 막 피어올랐다. 야… 죽은 거… 아니지…?

나는 설마, 설마 하는 마음으로 인터넷에 '사람 죽었을 때 확인하는 방법'을 쳐보았다. 그러자 수두룩이 나오는 결과들. 나는 손톱을 물어뜯어가며 천천히 마우스를 움직였다. 그리고 그중 하나를 클릭했다.

먼저, 손목이나 목에서 맥을 짚는 것은 먼저 심장 박동을 확인하는 작업입니다. 동시에, 대충의 혈압도 알 수 있습니다. 손목에서는 맥박이 느껴지지 않는데, 목에서는 느껴진다든지, 아니면 맥박이 다 안 느껴진다든지 하는 것으로 추정혈압을 알 수 있습니다.(이때 주로 대퇴동맥, 경동맥, 요골동맥을 주로 이용합니다.)

눈에 빛을 비추어보는 것을 대광반사라고 하며, 이러한 반사 작용이 잘 이루어지는지 여부를 확인함으로써, 뇌기능의 여부를 판단할 수 있습니다. 빛이 눈에 들어가서 시신경이 빛을 감지하면, 동안신경을 통해 동공의 축소가 나타나는 과정인데, 이 과정은 좌우가 서로 연합, 교차하고 있어, 한쪽 눈만 비추어도 양쪽 눈이 같이 동공의 축소가 나타납니다. 이런 과정이 제대로 이루어지는지 여부를 판단하는 것입니다.

그러나 그것보다 이러한 대광반사가 나타나는지, 나타나지 않는지를 먼저 살피고, 동공이 작은 바늘 구멍처럼 보이는지, 아니면 크게 확장되어 있는지를 보게 되므로써 죽었는지 살았는지를 확인합니다.

많은 경우 동공반사가 없고, 동공이 확장되었으며, 맥박을 촉지할 수 없고, 호흡이 없는 경우 사망한 것으로 판단할 수 있습니다.

도움이 되었기를…

라는 결과가 보였다. 나는 빠르게 손전등을 찾았다. 갈색 서랍을 뒤져보고, 만화책과 문제집으로 어지러운 책상 위를 다 뒤져봐도 손전등이 보이지 않았다. 어쩔 수 없이 나는 서둘러 휴대폰을 가져왔다. 밝기를 최대로 올리고 진짜 미동도 없는 동생에게 뛰어갔다.

"이제 장난 그만해, 돼지야. 너 죽은 거 아니잖아."

말은 이렇게 해도 내 심장은 정말 빠르게 뛰고 있었다. 어려서 동공이 뭔지 몰랐던 나는 동공을 다시 인터넷에 검색했고, 뜻을 알게 된 뒤 나는 휴대폰의 빛으로 동생의 눈을 비춰봤다. 눈이… 동공이… 반응이 없었다.

나는 그제서야 미친 듯이 동생의 어깨를 잡고 흔들었다. 계속 감지도 않고 초점도 없는 눈. 움직이지도 않는 손과 다리. 차가운 이마. 이거 말이 안 되잖아… 난 진짜 장난만 쳤는데… 밥 준 것도 죄야? 배고프대서 분유 준 거잖아. 나 죄 없어. 약 먹었는데 죽는다는 게 말이 돼? 그리고 그때,

"엄마 왔다− 배고프지?"

엄마가 집에 들어왔다.

"엄마…."

아, 뭐하자는 거야. 박규리. 갑자기 저 생각이 왜 나는 건데. 이런저런 생각을 하다 보니 아직도 그 자리에 가만히 서 있었다. 바보처럼 5분 정도를 가만히 있었다니− 크큭. 아, 아까 언니가 108동 305호랬지! 나는 서둘러 지나가던 검은색 패딩을 입은 오빠를 잡아 108동을 물어봤다.

7. 스팸 전화번호

아, 여기구나. 305호… 3층! 엘리베이터 3층을 누르고 순식간에 도착한(3
층은 역시 순식간에 올라가네.) 아저씨 댁. 생각해 보니 내가 어쩌다가 모르는 사
람 집에 들어오는 처지까지 된 거지. 나는 한숨을 폭 쉬며 벨을 꾸욱 눌렀다.

띵 동

금방이라도 한 번 뵌 적이 있는 아저씨의 얼굴이 문을 열고 나를 반겨줄 것
같았다. 내 생각과는 달리 빨리 열리지 않는 문. 흐음, 전화를 한 번 더 해볼
까. 그때 조심스럽게 문이 열렸다.

"누구세… 어!"

"어엇, 언니 안녕하세요!"

아저씨가 아니라 언니가 문을 열어줬다. 헤헤, 진짜 예쁘다. 그 언니는 정
말 해맑고 예쁜 웃음을 지으며 문을 밀어주었다. '감사합니다'라는 말을 잊
지 않고 집 안으로 들어갔다.

"아빠, 규리 왔어! 진짜 예쁘게 생겼네."

뒤에서 언니의 목소리가 들려왔고 아저씨의 모습이 보였다. 나는 완선히
허리를 90도로 숙이고 인사했다.

"안녕하세요!"

"아이구, 그래. 오랜마이다-!"

언니랑 비슷한 웃음을 지어주신 아저씨는 내 가방을 보시더니,

"짐 정리하고 좀 쉬고 있그라."

"네?"

"수빈아, 규리 좀 놀아줘라."

"예, 예- 규리야, 일로 와!"

수빈아? 언니 이름인가 보다. 나는 아줌마께 인사드리려고 주위를 둘러
보았지만 이리 오라는 언니의 손짓에 찾지 못했다. 그리고 아저씨랑 언니랑

되게 사이 좋아 보인다. 부녀 사이라면 친한 게 당연한 건데, 난 왜 이렇게 부럽지.

수빈이 언니가 나를 어떤 방으로 데려왔다. 언니 방인가 봐.

"나는 수빈이야. 박수빈."

"아, 네…."

"편하게 반말 하고, 짐 풀자."

"아, 감사합니… 아니, 고마워!"

"크큭, 어색하게 무슨 교과서 말투야. 언제까지 여기서 머무를 건데?"

"으… 응?"

바보같이, 그런 거 생각도 못했네. 아, 박규리 진짜 멍청해. 뭐라고 대답해야 하지…

"나도 모르겠어…."

"아, 아직 안 정했구나. 알았어!"

나도 크면 수빈이 언니 같은 사람 되고 싶다. 진짜 성격이 되게 낙천적인 것 같아. 웃는 모습이 정말 예뻤고, 웃을 때마다 보이는 보조개도 너무 예뻤다. 언니가 날 빤히 보더니,

"어떻게 가출하게 됐어?"

난 언니랑 어차피 할 말도 없고 어색한 분위기를 만들고 싶지는 않아서 처음부터 다 말해 주었다. 언니는 웃거나 인상을 찌푸리면서 내 이야기에 하나하나 반응해 주었고 이야기가 끝나자 언니는 잠시 생각을 하더니 나에게 물었다.

"엄마께는 그럼 하나도 안 말한 거네?"

"응…."

"집 나간 뒤에는 엄마가 아무 말씀도 없으셔? 전화는?"

그러고 보니까 문자도 없고 전화도 없네. 역시 가짜 엄마가 맞대니까?

"응, 문자도 없구."

"으음… 알았어. 일단 좀 씻고 와. 밖에 많이 있었잖아."

나는 언니의 말을 마지막으로 천천히 언니의 방을 나갔다. 아까부터 계속 걸어서 아파오는 다리를 주물러주면서.

따뜻한 물로 샤워를 하고 옷도 내 가방에 넣어둔 것으로 갈아입은 뒤, 다시 언니의 방으로 들어갔다. 언니가 없네. 나는 방 중간에 앉아 휴대폰을 꺼내들었다. 진짜 문자도 전화도 없네, 끝까지…. 내심 서운해진 나는 심심한데 친구들한테 문자라도 보낼까, 하는데. 갑자기 한 생각이 내 머리를 빠르게 스쳐 지나갔다. 스팸… 스팸 전화번호… 나는 스팸 전화번호 등록하는 기능을 들어갔다. 보란 듯이 정확히 보이는 엄마 전화번호. 스팸 전화번호로 등록하면 전화를 해도, 문자를 해도 다 스팸 번호로부터 온 것이기 때문에 내 휴대폰으로 접근 자체가 되지 않는다. 저번에 내가 엄마 전화번호를 스팸 전화번호로 저장한 걸 왜 이제야 기억하는 거야, 진짜….

8. Sacrifice

나는 엄마 전화번호를 스팸 전화번호 목록에서 삭제했다. 삭제가 완료됐다는 알림창이 뜨자 언니가 들어왔다.

"아, 다 씻고 왔어? 나 잠시 밖에 나갔다 온다고."

"아…."

"잠 오지. 잘래?"

"지금 자도 돼?"

"되지, 그러면 안 될까 봐? 지금 자."

"언니랑 같이 자도 괜찮아?"

“응, 나야 좋지!”

그렇게 언니랑 같이 자기로 했다. 침대가 있는데도 2인용이 아니라서 내가 불편할지도 모른다며 언니는 끝까지 이불을 펴주었다. 언니와 나는 불을 끄고 두꺼운 이불 위에 누웠다.

“규리야.”

아무것도 보이지 않는 어두운 방 속에서 언니가 낮은 음조로 먼저 입을 열었다.

“응?”

“그래서, 오늘 진짜 엄마는 찾았어?”

“아니….”

“있잖아, 나는.”

“응.”

“엄마가 없어.”

“….”

아까 아줌마께 인사드리려고 찾았는데 안 계셨던 이유가 이건가.

“내가 외동딸인데 나를 낳으시다가 돌아가셨대.”

“….”

“네가 아까 집 나간 이유 설명해 줄 때, 엄마 이야기를 하는데 얼마나 부럽던지….”

“….”

“나는 엄마랑 이야기도 못해 봤는데, 너는 엄마가 이야기하는 방식이 싫고 엄마가 미워서 집을 나왔다니, 이해가 안 되더라.”

“미안해 언니….”

“네가 뭐가 미안해. 나 아까 너한테 이 말 되게 하고 싶었는데 못했다. 지금 말해도 돼?”

방문이 닫혀 있어서 그런지 방에서 조용히 울리는 언니의 목소리가 뭔가 슬프게 들렸다.

"응, 말해도 돼."

"사람이 항상 모든 사람을 좋아하는 건 아니야. 당연히 취향이 틀릴 수 있고, 얼굴이 다를 수 있고, 네가 하는 방식이랑 정반대인 사람들이 많을 거야. 네가 그런 것들에 예민해지지 말고 또 이해를 해줘야 하는 거고. 세상은 정말로 네가 하고 싶은 대로 될 수가 없어. 너랑 나의 경우처럼 나는 너보다 훨씬 안 좋은 상황이야. 너는 엄마를 한 번이라도 볼 수 있었잖아. 나는 엄마 얼굴 한 번도 본 적이 없어. 그래도, 아빠랑 잘 살고 있잖아. 규리야, 너보다 안 좋은 상황에 있는 사람은 많아. 네가 엄마랑 싸우고 원망하는 동안, 나는 밤에 잠도 못 자고 엄마 보고 싶어 하면서 울고 있었어. 너는 집 나가고 싶어 하는 동안, 나는 엄마랑 한 번이라도 집에 있고 싶었고. 네가 엄마가 없어졌으면 좋겠다고 생각하는 동안, 나는 엄마라고 한 번이라도 불러보고 싶었어. 나는, 나는… 엄마 얼굴도 모르는데. 엄마 얼굴도 알고 엄마랑 이야기해 본 너도 이렇게 슬퍼하는데 나는 얼마나 슬프겠어. 우리 아빠가 지금 눈이 잘 안 보이셔. 물론 가까이 있으면 잘 보인다는데 멀리서 말하면 항상 나인 줄도 잘 모르셔. 그 이유가 내가 저번에 학교에서 친구들한테 엄마 없다고 놀림 받고, 구석에서 맞을 때, 아빠가 학교에 와서 막아주고, 아이들 혼내 준 날. 내가 아빠한테 소리 지르고 막 때렸거든. 쪽팔리게 뭐하는 짓이냐고. 아빠 같은 사람 없어도 나 도와주고 보호해 줄 사람도 많은데 왜 아빠가 괜히 나서서 부모님 행세 하는 거냐고. 그렇게 무작정 아빠 얼굴 때리다가 아빠 눈 부분을 긁어버렸어. 처음에는 괜찮았는데, 병원비 때문에 계속 병원 가는 거 미루고 미루다가 심해져서 지금 잘 안 보이시는 거야. 나도 참 미쳤었지…. 그런 말이나 해서 아빠 때리기나 하고…."

슬슬 어둠이 눈에 익숙해질 때쯤에, 날 보는 언니의 눈에서 눈물이 흐르고 있다는 걸 알아챘다. 기운 없는 웃음을 피식 지어보이고는 혀로 입술을 축이고 다시 말을 시작한다.

"엄마는 분명 걱정하고 계실 거야. 부탁이야, 규리야. 내가 지금 당장 가라고 하진 않을게. 오랫동안 엄마를 떠나 있지 마. 알았지?"

나는 말없이 고개를 끄덕였다. 언니는 다시 살짝 웃으며 내 머리를 정리해 주었다. 그리고 길고 예쁜 손으로 내 두 눈을 살짝 눌러서 감게 하고는,

"자자, 규리야."

라고 말했다. 언니는 이불을 내 쪽을 밀어서 목까지 덮어주고는 언니도 눈을 감았던 것 같다.

내 집이 아니라서 그런가, 눈이 저절로 뜨였다. 시계를 확인하니 아침 7시 21분. 집에서는 항상 이 시간에 못 일어나서 안달이었는데, 이렇게 쉽게 일어나다니…. 나는 곤히 자고 있는 언니가 깨지 않게 조심스럽게 이불을 언니 쪽으로 덮어주고 언니 방을 빠져나왔다. 아저씨는 안방에서 주무시나 보다. 거실에는 아무도 없다. 쌀쌀한 바람이 내 팔을 지나갔다. 아우, 추워. 나는 추워진 팔을 잡고 내 가방을 찾으러 소파에 다가갔다. 소파 한중간에 덩그러니 놓여 있는 내 보라색 가방. 가출하려 할 때, 이 가방에 있는 도깨비 표정 되게 무서웠었는데.

나는 가방 안에 있는 휴대폰을 꺼내 들었다. 부재중 전화가 18통이었다. 그럼 이때까지 스팸 전화번호 한 것 때문에 부재중 전화가 적었던 건가…. 부재중 문자도 있었다.

'규리야.'

'규리야 전화 좀 받아.'

'이 문자 보면 전화부터 해.'

'어디야?'

'세희 집이야?'

'엄마한테 위치 말해.'

'전화 왜 안 받아.'

와… 내가 문자를 하나하나 읽고 있을 때, 전화가 왔다.

엄마…다. 나는 더 이상 전화를 안 받기 싫어서 통화 버튼을 눌렀다.

"여보세요?"

"규리… 규리야!! 어디야!"

"모르겠어."

"엄마가 잘못했어. 위험하니까 제발 집에 와."

"엄마."

"규리야, 부탁이야. 어디 있는지만 말해 줘…."

"미안해, 엄마…."

"엄마 괜찮으니까 집으로 와, 규리야…."

"…."

"엄마가 정말 미안해…."

엄마가 이렇게까지 걱정할 줄 몰랐다. 진짜 서럽게 울면서까지 통화하는 엄마. 미안해진 나는 일단 전화를 끊기로 했다.

"엄마, 일단 끊을게…."

"집에 와야 된다, 응…?"

"…생각해 볼게."

그리고 전화를 끊어 버렸다. 전화를 끊자마자,

'오랫동안 엄마를 떠나 있지 마.'

어젯밤에 언니가 했던 말이 생각났다. 엄마도 집에 꼭 오라 그랬고 언니도 빨리 가라 그랬어. 솔직히 아저씨 댁에 오래 있을 수도 없고…. 집에 다시 가는 방법 밖에 없구나…. 나는 천천히 가방 지퍼를 잠그고 어깨에 멨다. 정말 조용하게 신발을 신고 아저씨 댁 문을 열고 나갔다. 물론, 정말 감사하다는 쪽지도 잊지 않았다.

어제 왔던 길을 다시 생각해 가며 다시 집으로 돌아가는 길. 어제 늦게 잤는데 오늘 일찍 일어나서 그런지 좀 나른하고 잠이 왔다. 하품을 하고 신호등이 빨간색인 것을 확인했다. 이제 이 횡단보도 건너고 조금만 더 걸으면 집이 겠지⋯ 휴대폰이 계속 주머니 속에서 울리는 것도 느끼지 못한 채.

아침에 일어나니 옆에 규리가 없었다. 식탁에 고맙다는 쪽지뿐이었다. 이제 집에 가는 거겠지? 흐흐, 규리 정말 착하고 예뻐. 동생 삼고 싶다. 나는 양치하러 화장실로 갔다. 엇, 규리 지갑이다. 지갑을 무슨 화장실에 두고 갔어, 크큭. 나는 지갑을 전해 주기 위해 신발을 신고 밖으로 나갔다. 어제 저장해 두었던 전화번호로 전화를 했다. 한 번, 두 번, 세 번⋯ 계속해도 전화를 받지 않자 무작정 규리가 어제 건넜다는 횡단보도로 뛰어갔다. 다실 만날 기회도 없을 텐데, 지갑도 안 들고 가고⋯ 오늘 줘야 할 텐데⋯ 그렇게 뛰다가 익숙한 뒷모습이 보였다. 규리다!

"박‒규‒리‒"

크게 규리의 이름을 불렀지만 대답이 없다. 대답 대신 규리는 횡단보도를 건너고 있었다. 그것도⋯ 빨간색 불에⋯ 이상한 낌새를 느낀 나는 뛰면서 소리부터 질렀다.

"박규리! 정신 차려!! 뭐하는 거야, 지금!"

내가 거의 횡단보도에 도착했을 때쯤, 멀리서는 큰 트럭이 규리를 향해 빠르게 오고 있었다.

"박규리!!!!!!"

아무 정신이 없었다. 뭐라도 해야 할 것만 같았다. 무작정 달려가서, 규리를 멀리 밀어버렸다. 세게 규리가 밀려나감과 동시에 나는 넘어졌고, 트럭은 다시 날 향해서 오고 있었다. 나는 눈을 꼭 감고 말했다.

"아빠, 나 착한 일 한 거 맞지?"

‒ 빠아앙,

"규리야, 엄마 꼭 만나."

‒ 끼익, 쾅.

"야, 대박이다."

"왜왜?"

"이 뉴스 봐봐. 20살 쯤 되어 보이는 언니가 트럭에 치였대. 그리고 옆에서 중학생쯤 되는 여자애가 완전 펑펑 울고 있었다는데."

"진짜?"

"응, 피 완전 많이 흘린다. 무섭다, 무서워."

학교 복도에서 들려오는 10대 소녀들의 수다는 모두 '대형 트럭 교통사고'에 관한 이야기들뿐이었다. 그날은, 두 소녀의 슬픔을 위로해 주기라도 하는지 눈이 내렸다. 엄마를 잃었지만 엄마가 싫은 소녀를 다잡아준 언니와 엄마가 싫었지만 언니 덕분에 다시 생각을 고칠 수 있었던 소녀의 슬픈 이야기는 우리들의 마음속에 기억될 것이다.

자신의 생각을 글로 옮기는 일은 어려운 일입니다. 더구나 끊임없이 생각하여 글을 쓰고 다시 수정하며 하나의 작품을 완성하는 일은 많은 시간과 노력을 필요로 합니다. 그 어렵고 힘든 시간을 포기하지 않고 끝까지 작품을 써 낸 학생들의 끈기와 노력이 대견합니다.

글을 쓰는 동안 많은 것을 느끼고 생각했을 겁니다. 그리고 끝을 낸 지금 누구는 완결을 냈다는 뿌듯함을, 어떤 이는 많이 부족하다는 아쉬움을, 또는 더 잘할 수 있었는데 하는 후회를 할지 모릅니다. 오늘의 이 경험이 앞으로 여러분이 성장하는 밑거름이 되기를 소망합니다.

– 지도교사 일동